CONTENTS

CROSS NOVELS

CONTENTS

悪役令息ですが
魔王の標的《ターゲット》になりました
小中大豆 Daizu Konaka
みずかねりょう イラスト

プロローグ

「ジョシュア・アナナス。お前との婚約は破棄させてもらう」

見目麗しい青年が、周りによく通る声で言い放った。

赤みを帯びた茶色の瞳が、嫌悪と侮蔑《ぶべつ》を込めてジョシュアを睨《にら》みつけている。髪の色は燃えるような赤毛をしていた。

身に着けている礼服は、昔の欧州貴族のような、あるいはアニメにでも出てくるかのような、フリルや刺繍《ししゅう》の施された派手なコートとズボンだ。

ジョシュアの感覚からすると、あまりに派手すぎていささか滑稽《こっけい》に見えるのだが、青年だけが特別滑稽なのではなく、当のジョシュアも似たような衣装を着ていた。

これがこの国、アプフェル王国の現在の流行であるらしい。

今、大広間に集う男女は皆、似たり寄ったりの派手なコートやズボン、あるいは裾《すそ》が大きく膨《ふく》らんだドレスを身に着けていた。

広間は、天井が高く床には深紅のカーペットが敷かれている。壁と天井はピカピカの金に塗られていて、「秀吉《ひでよし》かよ」とツッコみたくなった。

「聞いているのか、ジョシュア！　お前との婚約を破棄すると言っているんだ」

ジョシュアがくだらないことを考えていると、目の前の青年が苛立《いらだ》ったように声を大きくした。

ちなみに、ジョシュア・アナナスは男性、アナナス侯爵家令息である。

そしてジョシュアに婚約破棄を突きつけているのも男。アプフェル王国の王太子で、アレン・アプフェルという。

王太子と貴族令息が婚約とはこれいかに。

しかし周囲の誰も、王太子の正気を疑ったりはしない。ジョシュアももう、驚いたりはしなかった。

この世界に迷い込んだのは三日前。ここがどういう場所か知っている。

今日この日、王太子から婚約破棄を言い渡されることもわかっていた。

自分はジョシュア・アナナス。

この大広間で今、繰り広げられている「断罪イベント」で断罪され、破滅の運命にある「悪役令息」であり、この世界は自分がプレイしていたＢＬゲームの世界なのだ。

一

いったい、何がどうなっているのかさっぱりわからないが、とにかくここはＢＬゲームの世界で、三日前までジョシュアはジョシュアではなかった。

現代日本で暮らし、ＩＴ企業に勤めるごく普通のサラリーマンだった。名前だって、ジョシュアなんて名前ではなかった。

二十五歳独身の男性。ゲイで、ワークアウトと格闘技が趣味の健康オタク。恋人はいない。

そんな何の変哲もない社会人が一時期、寝る間も惜しんでやり込んでいたのが「ＳＡＩＮＴ《セイント》」というＢＬゲームだった。

よくあるハイファンタジー恋愛シミュレーションで、魔法が存在する。

プレイヤーは「白星聖也《しらほしせいや》」という主人公になって、攻略対象である四人の男性と恋愛関係になることを目指す。

聖也はどこにでもいる十九歳の大学生なのだが、ある日、異世界に召喚されてしまう。

異世界に来た途端、聖魔法という特殊な属性の魔法が使えるようになった聖也は、彼を召喚したアプフェル王国で国を護る「聖人」としてあがめられ、王宮に保護される。

最初は「僕はそんな特別な人間じゃない。普通の大学生なんだ」などと言っていた聖也は、王宮で攻略キャラたちと出会い交流を深め、様々な出来事に遭遇し、聖魔法の使い手として成長していき、アプフェル王国にもいつの間にかすっかり馴染んでいく。

さらに攻略キャラたちと協力して敵国からの侵略を防いだり、またある時は魔王と戦ったり戦わなかったりして、最終的にはアプフェル王国とか世界とかを救い、攻略キャラのうちのいずれか一人、あるいは四人全員との恋愛を成就させる。エッチもがっつりある。成人向けゲームなので。

そんな男同士のエッチなゲームに、ゲイだが腐男子ではないサラリーマンが手を染めたのは、ひとえに腐女子の妹のためだった。

三つ年下の妹の就職祝いに、「ＳＡＩＮＴ」のソフトと完全攻略したデータをねだられたのだ。何でもこの「ＳＡＩＮＴ」というゲーム、人気のイラストレーターを採用して絵は綺麗なのだが、ゲーム性とシナリオがクソなのだとか。

絵を見たいけどプレイするのは面倒臭い、という。ちゃっかりした妹のために、兄は毎夜遅くまでゲームをやり続け、すべてのシナリオルートを攻略し、スチルと呼ばれるイラストＣＧもすべて集めた。

妹はたいそう喜んだけれど、プレイするのが苦痛だったので、もう二度とやりたくない。

評判通りシナリオも面白くなかったし、主人公にも感情移入できなかった。攻略キャラで一人だけ、「おっ、こいつカッコいいじゃん」と思う登場人物がいたが、それだけだ。

それに、脇キャラとして登場する、ジョシュア・アナナスという、聖也のライバルキャラに対する扱いも、あまりに胸糞悪くて好きになれない要因だった。

ジョシュアは侯爵令息で、攻略対象の一人、アレン王子の婚約者である。アレンは王太子なので、ジョシュアは順調にいけば王配となる身の上だ。

ちなみにこのアプフェル王国、王族は同性と結婚するよう法律で定められている。子を成さない同性の正室以外はみんな愛人で、その間に生まれる子供は原則として庶子として扱われる。跡継ぎは庶子の中から一人を養子にするか、遠縁の王族を迎えた。

王太子のアレンも、現国王の実の息子ではなく、血の繋がらない遠縁の子供だ。

過去に王位をめぐって王族同士の激しい内争があった歴史から、王位は世襲ではなく、国王と「貴族院」に所属する一部の上位貴族たちとの話し合いによって決定することになっている。

だから国王や王位に近い者の子供は自動的に王位継承順位の下の方に追いやられ、滅多なことでは世襲できないようになっているのだ。

そんなわけで、アレン王太子の婚約者は、貴族院でも力を持つアナナス侯爵の長男、ジョシュア・アナナスなのだった。

このジョシュア青年、年は聖也と同じで、金髪碧眼《へきがん》の美青年なのだが、婚約者のアレンが聖也に鼻の下を伸ばしているのが面白くない。まあ当然だ。

他の攻略キャラからも言い寄られ、ちやほやされる聖也に敵愾心《てきがいしん》を燃やし、主人公にあらゆる嫌がらせをしてしまうのである。

その結果、最終的には嫌がらせが白日の下に晒《さら》され、ジョシュアは断罪される。

ゲームは攻略キャラ四人に準じた攻略シナリオが用意されていて、プレイヤーは途中の選択肢によってそれぞれのルートシナリオへと分岐し、進んでいくのだが、どのシナリオに進んでも、最終的にジョシュアは悲惨な末路を遂《と》げるのである。

何もそこまでしなくても、というくらい辛い結末を迎える。ジョシュアがした嫌がらせと、それに対する報いのバランスが悪すぎる。

主人公が攻略に失敗するバッドエンドでさえ、ジョシュアは救われないのである。

ジョシュアにとってもっとも穏便な結末は、侯爵家を勘当されて貴族から平民に落ち、生活能力のない彼は働く手段もなく貧困に喘《あえ》ぐ、というものだ。

プレイ中も、彼の不憫《ふびん》さが際立ってゲームに集中できなかった。

評判通り、「ＳＡＩＮＴ」は確かにクソゲーだった。

それでもめでたく完全攻略し、データもソフトも妹に渡して、ゲームとは無縁の生活を送っていたのに、なぜ突然、何の前触れもなくゲームの世界に迷い込んだのか。

さらに自分が、「悪役令息」のジョシュア・アナナスになるなんて。


「このうつけめが！」

最初に聞こえたのは男の恫喝《どうかつ》で、次の瞬間、鳩尾《みぞおち》に激しい衝撃を受けた。

「役立たず！　何のためにお前を養ってると思っているッ」

続けざまに腹を殴られる。防御する間もなく、よろめいて床に倒れ込んだ。

顔を上げると、金髪碧眼の中年男が仁王立《におうだ》ちして、こちらを忌々《いまいま》しげに見下ろしていた。

（え、誰？）

そこそこ顔のいいイケオジだが、表情が歪《ゆが》んでいるのがいただけない。それに服の趣味も最悪だった。

襟《えり》と袖《そで》にフリルのついたシャツを着て、派手な刺繍の入った真っ赤なスラックスを穿《は》いている。どういうコスプレだ。

何が起こったのかわからない。自分はついさっきまで、自宅のベッドに寝ていたはずだったのに。

（会社から帰って……いや、会社の飲みでへべれけに酔って帰ったんだ。風邪で熱もあって）

朝から熱があった。残業続きで疲れていたのに、無理やり上司に飲みに付き合わされ、熱と酔いのダブルパンチでフラフラになりながら帰宅した。

解熱剤を飲んでから、酒と一緒はまずかったかなと思い、それからめまいと動悸《どうき》がして、スーツを着たままベッドに倒れ込んだ。

これが、ついさっきまでの出来事だ。だったと思う。

なのになぜ、見知らぬ外国人のおっさんに恫喝され、殴られているのか。

しかも、よろけて手をついた先には、マンションのフローリングとは違う、古く黒ずんだ木目の板の間があった。

——ここはどこだ。

「アレン殿下は今度の星誕祭のパートナーに、聖也を選んだというではないか。婚約者のお前を差し置いて、だ。王宮でそれを聞かされて、私がどれほど恥ずかしい思いをしたか」

こちらの困惑をよそに、中年男が何やら語り始める。

状況はわからないものの、出てきた固有名詞に聞き覚えがあって、耳を疑った。

「アレン、聖也に、星誕祭……？」

妹の、「お兄ちゃん、完全攻略《コンプリート》ありがとう」という声が耳にこだました。

聞き覚えがあるはずだ。つい最近まで攻略にいそしんでいた、ＢＬゲームに出てきた名前ではないか。

「聞いているのか、ジョシュア！」

こちらがぼんやりしているのに苛立ったのか、中年男がさらに激高した。

「えっ、ジョシュア……って、俺？」

男はなぜか、自分をジョシュアと呼んだ。

人違いですけど……そう言いかけた時だった。混乱する彼の脳裏に、自分とはまったく別の記憶が湧《わ》き上がった。

湧いた、としか形容できない。元の自分……日本で暮らす平凡なサラリーマンの記憶の中に突如、もう一人の人間の記憶が現れたのだ。

侯爵令息、ジョシュア・アナナスとしての記憶が。

（俺は、ジョシュア・アナナス……？）

ジョシュア……自分には、妹などいない。

実家の気のいい両親も祖父母も、ついでに飼い犬のハナ子もおらず、いるのは後妻と後妻の産んだ次男、そして目の前にいる父、アナナス侯爵だけ。実母はとうの昔に病死した。

（俺がジョシュアで、ジョシュアが俺で……いやいや、どういうこと？）

何が何やらわからない。落ち着け、とパニックになりそうな自分に言い聞かせた。

（ちょっと一度、落ち着いて考えよう）

「これはお前の落ち度だ。お前が王太子の心を摑《つか》んでおかないから、こういうことになったのだぞ。聞いているのか、おい！」

何とか冷静になろうとしているそばから、父親がわめき散らしてくる。苛立ちが込み上げるのをなだめて、何とか笑顔を浮かべて見せた。

「すみません。あの、今ちょっと……そう、気分が悪くてですね」

「馬鹿にしているのか！」

なるべく穏便にと思ったのだが、かえって逆上させてしまった。すぐさま鳩尾に蹴りが飛んできた。

「ぐっ」

「何のためにお前を養っていると思っている。王子の婚約者という以外、お前に価値などないんだぞ、この愚鈍な阿呆めが！」

まともに蹴りを食らってうずくまるジョシュアを、なおも蹴ろうとする。咄嗟に避けると、「避けるな！」と、怒鳴られた。

さっきから、腹ばかり攻撃する理由がわかった。王子の婚約者の顔に、傷をつけたら利用価値が下がるからだ。

（そうだった。こいつ、ＤＶ野郎なんだった）

またもやジョシュア・アナナスの記憶がよみがえってくる。

父のアナナス侯爵は、政略結婚だった前妻を嫌っていて、彼女が死ぬと、母によく似たジョシュアに憎悪を向けるようになった。

子供の頃からジョシュアは、この男から経常的に暴力を振るわれていたのである。

すでにアレン王子と婚約者が決まっていたため、表向き身なりは整えられ、未来の王配として教育も施されたが、愛情は一つも与えられなかった。

父も継母《ままはは》も弟を溺愛し、ジョシュアは家族に顧《かえり》みられることなく、父には八つ当たりの道具にされてきたのである。

（……ごめんなさい。お父様、ごめんなさい）

縮こまって、許しを請う自分の姿が脳裏によみがえる。そしてその記憶に、怒りを感じた。

自分はジョシュアであって、ジョシュアではない。黙って暴力に耐えるなんてあり得ない。

「何だその目は。お前はお前の母親にそっくりだ。この汚い淫売の……」

「うるせえ」

またもやジョシュアを蹴ろうとする父親に、叫んでタックルした。

蹴りのために片足を上げていたアナナス侯爵は、ドタンと頭から倒れ込む。その鳩尾に思いきり蹴りを入れると、ひぎゃっ、とおかしな悲鳴が男の口から上がった。

「無抵抗の人間をゴスゴス蹴りやがって、このドクズが」

やられた分を倍に、いや三倍にして返す。いちおう加減はわかっているつもりだ。

今はワークアウトオタクだが、十代の頃は格闘技オタクだった。空手だの拳法だの習っていたし、子供の頃からそれなりに喧嘩の経験はある。

妹にやたらと寄ってくるいじめっこやら、痴漢やらストーカーやら、いけすかない彼氏やらを、片っ端から撃退してきた。

「ぎゃっ、ひ、ひぃ……やめ……やめてくれっ」

逃げようとする男を押さえつけ、何度も同じ場所に蹴りを入れていると、アナナス侯爵はついに泣き出した。

「わ、私が悪かった。もう……」

ＤＶ野郎のくせに、自分は痛みに慣れていないらしい。大の男が涙を流して訴えるので、ひとまずこの辺でやめておくかと蹴りを止めた。

「おま……こんなこと……この私にこんなことをして、許されると思うな……ひいっ」

しかし、途端にまた余計なことを言い出したので、拳《こぶし》を振り上げる仕草をする。侯爵が頭を抱えて悲鳴を上げると、ジョシュアはその金髪を乱暴に摑み、ぐいっと上向かせた。

「ひ……許して」

戦意を失った相手に追い打ちをかけるのは仁義にもとるが、きっちり釘《くぎ》をさしておかないと、また性懲《しょうこ》りもなくかかってきそうだ。

「俺はアレン王子の婚約者なんだろ。あんたにとって必要なんだよな？　なら、それなりの扱いをしろよ。今度こんなふうに暴力を振るってきたら、ただじゃおかないからな」

「な……」

相手を睨みつけながら言うと、侯爵は信じられないというように、口をパクパクさせた。

「……お前、本当にジョシュアか？」

それはこっちが聞きたいところだ。とにかく一人になって考えたい。

そう口にしたわけではなかったが、侯爵は自分から立ち上がり、腹を抱えながらよろよろと部屋を出ていった。

「お、覚えてろよ」

最後に、雑魚《ざこ》キャラっぽい捨《す》て台詞《ぜりふ》を吐いて。

ドアが閉まり、部屋に一人残ったジョシュアは、そこが自分の部屋だということを思い出した。

「……やっぱり、あのジョシュア・アナナスだよなあ」

洗面所の鏡を見つめ、ジョシュアは途方に暮れてため息をついた。

鏡の中には、困り顔をした金髪碧眼の青年がこちらを見つめている。

透けるような白い肌に、日の光のようにまばゆい金の髪が、ふわりとかかっている。目はぱっちりと大きくて、長いまつ毛も金色だった。

手足はすらりとして均整が取れている。けれど、身体つきは全体的にほっそりとして華奢《きやしや》だ。筋肉はたぶん、元の自分の半分くらいしかないだろう。

背丈を計るものはないが、部屋のドアや家具の大きさと比べて推察するに、わりと小柄なのではないだろうか。

「美青年じゃねえかよ」

自分で言うのも何だが、美しい。

そしてその容姿は何度見ても、BLゲーム「SAINT」に出てくる、ジョシュア・アナナスだった。CGから現実に、二次元が三次元になったが、ゲームのそれと瓜二《うりふた》つだ。

違いといったら、ゲームの彼が底意地の悪そうな表情を浮かべていたのに対し、今、鏡の中にいるジョシュアは自信なげで弱々しく見えることだろうか。

いったい、どういうことなのか。一人になって、ジョシュアは改めて自分の記憶に思いを巡らせた。

どうやら自分には、二人分の記憶がある。

一つは日本に住むサラリーマンの自分。もう一つは、侯爵令息ジョシュア・アナナスの記憶。外見はジョシュアで、自我は日本人だ。状況だけ見れば、ジョシュアの身体に日本人の自分が乗り移った、といったところだ。

夢か、頭がおかしくなったのかとも考えたが、そう認識したところで状況は変わらない。夢から覚めないし、妄想もなくならず、部屋に置かれた時計の針は刻一刻と時を刻んでいく。

どうにもならないので、ジョシュアは腹を括《くく》って、これが現実だと仮定することにした。

自分はどうやら、BLゲーム「SAINT」そっくりの世界に迷い込み、悪役令息ジョシュア・アナナスの身体に憑依《ひょうい》したらしい。

元の身体はどうなったのか、元に戻れるのか。

しかし、元に戻る道を探すにしても、この世界では、この姿で生活しなければならない。

先ほどの父親の話だと、すでにこの世界に聖也が召喚されている。つまり、ゲーム開始後の時間軸というわけだ。

地雷《じらい》たっぷり悪役令息が迂闊《うかつ》にウロウロしていたら、うっかり死んでしまうかもしれない。

「ちょっと待て。これがゲームと同じだっていうなら、どのシナリオルートなんだ？」

ジョシュアはブツブツつぶやきながら、自室の勉強机に座った。どんなに独り言を言っても、どうかしたのかと覗《のぞ》きに来る家族はいない。

ジョシュアの部屋は侯爵邸のうんと隅っこに追いやられていたし、使用人でさえ、最低限の世話のために部屋を訪れるだけだった。

ジョシュア・アナナスの記憶の底からそんな事実を取り出して悲しい気持ちになったが、一人で考え事をするには好都合だ。

勉強机にあった紙とペンを取り、ジョシュアはゲームのシナリオとこの世界の現実とを、できる限り緻密《ちみつ》に書き出した。

そうしてわかったのは、今身の回りに起こっている現実は、「逆ハーレムルート」略して逆ハーのシナリオと多くの点で一致することだった。

細かいところで相違もあるが、おおむね合致する。

「よりによって、逆ハーかよ」

ジョシュアは頭を抱えた。逆ハーレムルートとはその名の通り、攻略キャラ全員と恋愛成就しちゃう、ついでにエッチもしてしまう、４Ｐや５Ｐは当たり前のけしからんルートである。

聖也がビッチ化するのはどうでもいいが、このルートはジョシュアがもっとも悲惨な結末を迎えるルートなのだ。

ジョシュアは魔王に擦り寄って仲間に入れてもらおうと姑息《こそく》な考えで近づき、魔王に嫌われてアンデッド化され、魔界の奥深くへ飛ばされてしまう。ゾンビになったジョシュアは死ぬこともできず、未来永劫《みらいえいごう》苦しみ続けるのだ。

「しかも星誕祭って、かなりシナリオが進んでるよな」

先ほど、侯爵が口にしていた言葉だ。今から三日後に、王宮で星誕祭という催しが行われる。年に一度、十八歳以上二十五歳以下の未婚の王侯貴族が集まる舞踏会で、基本的にカップルで参加する。いってみればプロムのようなものだ。

十九歳の聖也と二十二歳のアレン王子ももちろん参加対象で、側近で同級生でもある攻略キャラの二名もこれに参加する。聖也と同じ年のジョシュアもである。

アレンとジョシュアは婚約しているのだから、常識的に考えれば二人で参加するはずだ。

しかし、アレンは聖也を選んだ。ジョシュアは置いてけぼりで、急なことでパートナーを見つける時間もなく、一人で参加する羽目になる。もう始まる前から嫌な感じである。

それもそのはず、これは通称「断罪イベント」と呼ばれ、悪役令息ジョシュア・アナナスの悪行が白日の下に晒される一大イベントなのである。

罪が暴かれる、といえば聞こえはいいけれど、実際はジョシュアが婚約者たちからつまらないいじめを暴露され、吊るし上げられる、公開処刑の場なのだ。

この「断罪イベント」はすべてのシナリオルートに共通して登場するイベントで、シナリオの後半、終盤近くに発生する。

つまり、星誕祭が近いということは、ゲームの終盤に近いというわけだ。

聖也がこの世界に召喚されてしばらく経ち、アレン王子をはじめ攻略キャラたちと、すでにかなりいい感じになっている。

これが序盤なら、フラグを折ることも可能だったかもしれない。もう少し、ジョシュアとしても行動の選択肢があったのだろうが、シナリオは進んでかなり結末は固まっている。

ゾンビエンドのむごいスチルを思い出し、ジョシュアはゾッとした。

「いや、何とかしないと。婚約者寝取られた上に未来永劫苦しむとか、地獄じゃねえか」

わけのわからないまま別人になったあげく、悲惨な未来を迎えるなんてごめんだ。

しかしそう、自分はゲームシナリオのすべてを知っている。これから起こること、この世界では未来の出来事も知っているのだ。

これは、ジョシュアにとってのアドバンテージではなかろうか。

今後起こるイベントに、ジョシュア・アナナスとして上手《うま》く対処できれば、バッドエンドは回避できるはずだ。

（絶対に回避してやる）

そして、どうにかして元の世界に戻るのだ。

ジョシュアは自室の机に座り、そこにあった紙とペンで、記憶にある限りの「ＳＡＩＮＴ」のシナリオとイベントを書き出していった。

途中、自分が書いている文字が日本語ではなく、アプフェル王国の公用語だと気づいたが、深く考えないでおいた。

今は、細かいことに囚われてはいけない。とにかく、この世界で生き残る方法を考えるのだ。

ジョシュアはそうして一日中、これからの行動方針について思考を巡らせ続けた。


それから三日後、星誕祭の日。ジョシュアは王宮に来ていた。

といっても、時刻は午後を過ぎたばかり、夕方から始まる星誕祭にはちょっと早い時間である。

今頃はパーティーの準備で王宮の内部もてんやわんやのはずだ。パーティー用に着飾ったジョシュアが現れると、警備兵たちはちょっと嫌な顔をしたが、ともかくも中に通してくれた。

これが他の日なら、そうはいかない。いくら侯爵令息といえども、何の約束もなく王宮に立ち入ることはできなかっただろう。

やたらフリルだのビーズだのが付いた礼服が気持ち悪い。しかも、ゲームの「断罪イベント」に出てくるジョシュアの衣装そのものだ。

使用人たちが出してくれたもので、アナナス侯爵がこの日のために特別に誂《あつら》えたのだという。息子を思ってのことではなく、こういう外聞は人一倍気にする男だ。

特別だからして替えの衣装はなく、ゲームの悪役令息のコスチュームに腕を通すしかなかった。何とも不吉な気分だ。

しかし、それくらいでくじけていてはいけない。今日のジョシュアには重要なミッションがあるのだから。

ジョシュアは案内係に控えの間に通された後、こっそり部屋を出た。目的地は王宮の東にある「春の庭」だ。

王宮の東は王太子であるアレンの居住区で、聖也もそこで暮らしている。「春の庭」は彼らのプライベート空間だった。

うっかり彼らに出くわしたら計画が台無しだが、そうならないとジョシュアは踏んでいた。

今頃、王宮の奥では、攻略キャラと聖也とで別のイベントが行われている時分なのだ。

赤毛の王太子アレン・アプフェル、それに側近の騎士、青い髪のオリバー・トラウベと、同じく側近で宮廷学者、未来の宰相と噂される緑の髪のラース・メローネ。

彼ら攻略キャラ三人は、聖也に永遠の愛を誓い、ついでにエッチな触りっこなど致している真っ最中のはずだ。逆ハーレムルートのシナリオ通りなら、そういうことになる。

彼らの居住区に忍び込むなら、今をおいて他になかった。

（けど、できるのかなあ……）

ジョシュアは東に向かって王宮の廊下を進みながら、内心でドキドキビクビクしていた。

手には砂糖菓子の包みがある。これでどうにかなるはずなのだが。

（いや、何とかして上手くやらないと。俺、死ぬより辛い目に遭うからな）

ジョシュアとして覚醒してから、生存ルートを模索し続けたが、やはりこれしかなかった。

星誕祭の直後、聖也に発生する選択肢。正しいルートへ進むと、聖也が四人の攻略キャラを落として逆ハーレムに、ジョシュアは魔王にゾンビにされてしまう。

しかし、聖也が間違ったほうへ進むと、バッドエンドに突入し、聖也は元の世界へ帰還してしまう。ジョシュアはゾンビにされることなく、でも何だかんだで家からは勘当されて、貧しい平民として市井《しせい》で暮らす羽目になる。

なかなか悲しい結末だが、これがジョシュアにとって、もっとも穏便なルートなのだ。

そのイベントが発生するのは星誕祭の後、でもイベントのキーとなるそれは、すでに今、王宮の奥庭に「いる」はずだ。

主人公と攻略キャラ三人は宮殿の奥でエッチの最中だし、もう一人の攻略キャラは、そもそも今日、王宮にはいない。そのはずだったのだが。

「あっ」

廊下を曲がったところで、向こうから来た相手とぶつかった。ジョシュアの身体は華奢なので、ぶつかったはずみでよろけてしまう。

「すみませ……」

反射的に謝りながら相手の顔を見て、思わず「げっ」と大きな声を上げてしまった。

「失礼しました。大丈夫ですか」

こちらが侯爵令息にあるまじき声を上げたにもかかわらず、相手の男はにっこりと微笑んで慇懃《いんぎん》に手を差し伸べた。

「あ……」

ジョシュアは言葉を失い、まじまじと相手を見上げてしまった。

すっきりと洗練された礼装に身を包んだ、長身の男。銀の髪に金の瞳を持つ、異国風の美貌。

年齢は確か、三十二歳と自称していたか。星誕祭の年齢対象外だから、今日はここにはいないと思っていた。

四人目の攻略対象キャラクターだ。

「魔っ……」

驚きのあまり、言ってはいけない単語が口をついて出そうになり、ジョシュアは慌《あわ》てて手で口を塞いだ。男は少し怪訝《けげん》そうに、それでも紳士的な態度は崩さず、わずかに首を傾《かし》げる。

「ま?」

「いや、いえ……えっと、イーヴァル・マルメラーデ伯爵」

長ったらしいフルネームを何とか噛まずに口にすると、イーヴァルは「はい」と美しい顔で笑った。

「覚えていただいて光栄です、ジョシュア・アナナス殿」

大人っぽい美貌が間近にあって、ちょっとくらっとする。

他の攻略キャラに興味はなかったが、このイーヴァルのことだけは、ちょっといいな、と思っていた。

イラストでもカッコよかったが、リアルで見ると破壊的な美貌だ。

いつまでも眺めていたいし、何か理由を付けて手の一つでも握りたいところだ。しかし、そうはできない事情があった。

先を急ぐというのもあるが、このイーヴァルという男、ジョシュアの破滅エンドの鍵を数多く握る、ジョシュアにとっての鬼門、決して近づいてはならないキャラクターなのだ。

もしどこかで出くわしても、極力関わり合いにならないこと。生存ルートを確認する段階でそう心にとどめていたのに、いきなり遭遇してしまった。どうしよう、と内心で狼狽《ろうばい》する。

「ジョシュア殿は今日は、星誕祭に？　しかし、いささか時間が早すぎるようですが」

態度は慇懃だが、痛いところを突いてくる。直訳するなら、「何でこんな時間にお前がいるんだよ」といったところか。

「えっ、まあ、それは……はい。ちょっと楽しみすぎちゃって、じっとしていられなくて。王子様はまだかしら～なんて思って。そういうイーヴァル様こそ、まさか星誕祭に？」

「いいえ。私は急ぎの仕事がありまして」

「へー、それは大変ですね」

早くこの場を立ち去りたいばかりに、棒読みになってしまった。

「あのじゃあ、わたくしも先を急いでますんで」

愛想笑いを顔に貼り付けたまま、ジョシュアは「じゃっ！」と片手を上げてイーヴァルの脇をすり抜けた。足早に去るジョシュアに驚いたように声がかかったが、「失礼しまーす」と振り返ることなく歩き去った。

訝《いぶか》しいことこの上ない。呼び止められないかとヒヤヒヤしたが、イーヴァルはそれ以上、追ってこなかった。

ジョシュアはさらに廊下を曲がった先で歩く速度を落とし、慎重に奥へ進む。途中で建物の外に出て、木々の生い茂る道のない場所を歩いた。

人目につかずに「春の庭」へ行く方法は、ジョシュア・アナナスの記憶で知った。彼はまだ年端もいかない子供の頃、婚約者であるアレンの宮へたびたび遊びに行き、年上のアレンに遊んでもらったのだ。

かくれんぼや鬼ごっこ、侯爵家ではできない遊びに夢中になって、この抜け道もアレンから教えてもらった。

元のジョシュアは、幼い頃はアレンを兄のように慕い、長じては未来の夫として心のよりどころにしていたようだ。侯爵家での扱いを思えば、それも当然といえる。ジョシュアには、アレンしかいなかったのだ。

(なのに、聖也に寝取られるなんてさあ。気の毒だよなあ)

ゲームではジョシュアの生い立ちはふんわりしていたけれど、ここまで悲惨だとは思わなかった。

ますますジョシュアに同情してしまう。もっとも、今は自分がそのジョシュアなのだが。

「くそ、ややこしいな。さっさとフラグを折ってずらかって、元の世界に戻る方法を探さないと」

ブツブツ言いながらも歩き続けると、やがて「春の庭」に辿《たど》り着いた。

庭といっても、実際は森である。人の手でよく整備されているが、背の高い樹木が並び、季節の草花が植えられている。

「さて」

森のような庭を、ジョシュアは改めてぐるりと見回した。この森のどこかに、「あれ」がいるはずだ。決して小さいものではない。焦《あせ》らず慎重に探せば見つかるはずだ。

ジョシュアは自身にそう言い聞かせ、ゆっくりと森の探索を始めた。身を屈《かが》めたり、地面に這《は》いつくばったりして、目的のものを探す。

「あ……」

やがて、植え込みの間にそれらしきものがうずくまっているのを見つけた時、この世界に来て初めて心が高揚するのを感じた。

「本当に、いた」

ふわふわ金色の被毛を持つ、それ。ゲームのスチルでは猫くらいの大きさのはずだったが、目の前でうずくまる姿は大きく、ジョシュアの背丈くらい体長があった。

耳はぴんと長く、尻尾はたっぷりしている。額に赤い宝石がはまっていることを除けば、フェネックギツネそっくりの姿形をしていた。

「何だっけ、カ……そう、カーバンクル」

ジョシュアが呼んだのがわかったのか、金色の獣はビクッと身体を揺らし、ウウッと唸《うな》り声を上げた。

星誕祭の後、「春の庭」で発生するイベントは、こんな話だ。

まず、悪役令息ジョシュアを断罪して気持ちスッキリな聖也と攻略キャラ三名の元に、王宮に動物が迷い込んだらしいと情報が入る。

ここで、「様子を見に行く」「放っておく」の選択肢が現れ、前者を選んで「春の庭」へ行くと、魔獣カーバンクルに出会う。

どこから迷い込んだのか、カーバンクルはひどくお腹を空かしていて、聖也がその時なぜか持っていたお菓子に食らいつく。カーバンクルは甘い物が大好きらしい。

その後、このカーバンクルはすっかり聖也に懐き、聖也のペットとなる。

カーバンクルが恋の仲介役となり、先ほどジョシュアが出会った四人目の攻略キャラ、イーヴァルとの恋愛イベントが自動発生、聖也はめでたく攻略キャラを四人とも手に入れるというわけだ。

しかし、選択肢「放っておく」を選んだ場合、聖也たちは庭の異変そっちのけでエッチに突入。その間に、聖也を恨《うら》み、亡きものにしようと王宮に忍び込んだジョシュアがカーバンクルを発見する。

カーバンクルに威嚇《いかく》されたジョシュアは、あろうことか、聖也殺害のために持ってきた短剣でカーバンクルを殺してしまうのである。なぜだ。

魔獣を惨殺した後、警備兵に見つかったジョシュアは、ほうほうのていで王宮を逃げ出す。聖也はイーヴァルを攻略できず、何だかんだの末にアレン王子たちを置いて、元の世界に帰ってしまう。

バッドエンドに突入するためには、ジョシュアがカーバンクルを殺さなくてはならない。

これについては長いこと葛藤《かっとう》したものの、殺すことは諦めた。

何の罪もない動物を殺すのはためらいがある。綺麗事だとわかっているが、元の自分は動物好きなのだ。

自分が生き延びるためとはいえ、愛くるしいフェネックギツネもどきを殺したら、一生のトラウマになりそうだった。

殺さずとも、フラグは折れるはずだ。要は、カーバンクルを聖也の手に渡さなければいいのである。

イベントの伏線として、星誕祭の数日前から、王宮の庭に何かの動物が迷い込んだらしいことが、ゲームで描かれていた。

聖也たちよりも早くカーバンクルを見つけ、手懐ければいい。好物は甘い物だとわかっているから、殺すよりは容易《たやす》いはずだ。

そのはずだ、と自分に言い聞かせ、気持ちを奮い立たせてここまで来た。

魔獣を甘い物で釣って、この場から連れ去る。その後、どうするのかはノープランだったが、とにかくこのフラグを折らなければ、ジョシュアがまともに生きられる道はないのである。

「怖くない、怖くないよ。おいで」

それでジョシュアは、必死になってカーバンクルを誘い込もうとしているのだが、砂糖菓子を手にチッチッと舌を鳴らしても、魔獣はいっこうに警戒を解く素振りがなかった。

ウウッと犬に似た呻《うめ》き声を上げ、威嚇し続けている。怯《おび》えて今にも逃げてしまいそうで、迂闊に近づくこともできない。

「なあ、頼むよ。俺の命がかかってるんだからさあ」

なるべく刺激しないよう、優しく話しかけるが、カーバンクルは唸り声を上げるだけだ。怖いのだろう、威嚇しながらも身体はブルブル震えていて、何だか可哀想になった。

何日も彷徨《さまよ》っていたらしく、金色の被毛もボサボサで、どこか薄汚れている。

どれくらい長いこと、ここにいたのか。そもそも、どうやって王宮に迷い込んだのか。ゲームでもそれは詳しく語られておらず、生い立ちも不明だ。

（そもそもカーバンクルって、この国では珍しいんだよな）

カーバンクルは高い知能と魔力を持つ高位の魔獣だ。ジョシュアの記憶を手繰《たぐ》っても、文献でその存在が確認されるだけで、実際の個体が目撃された話は聞かない。

ゲーム内でも伝説の聖獣と呼ばれていて、アプフェル王国の人々は文献で存在を知る程度だった。

「お前、一人なのか。魔獣って仲間とかいないのかな」

魔獣の生態など知らないが、カーバンクルの顔立ちは幼い。もしかして、まだ子供なのではないだろうか。

「とりあえず、これ食べろよ。腹減ってるだろ」

ジョシュアは持ってきた砂糖菓子の包みをカーバンクルの前に広げ、離れた場所に移動した。

カーバンクルは相変わらず警戒していたが、クンクンとお菓子の匂いを嗅《か》ぎ、ちらちらとジョシュアを窺《うかが》ってから、バクッと食いついた。それから、あっという間にお菓子を食べきってしまった。

よほどお腹が空いていたのだろう。何もなくなった包み紙を名残惜《なごりお》しそうに舐めた後、ジョシュアを見て催促するように「クーン」と鳴いた。

「ごめんな。もうお菓子はないんだ。それしか持ってきてないんだよ」

ジョシュアが言うと、こちらの言葉がわかっているのか、キューンと悲しそうに鼻を鳴らす。その姿が可哀想で、ジョシュアも悲しくなってしまった。

「なあ、あのさ。俺と一緒に来ないか。うちなら親父を脅《おど》……頼めばいっぱいお菓子を出してくれる。お前だって、ずっとこんなところに隠れてるわけにはいかないだろ？」

どうやら人の言葉がわかるらしい、と気づいて、ジョシュアはゆっくりと子供を諭《さと》すように説得した。

そっと、少しずつ近づいていき、カーバンクルの前にしゃがむ。怖がらせないように、下からゆっくり手を伸ばした。

「クゥ……」

ジョシュアの話を理解したのか、はたまた砂糖菓子で餌付けされたのか、カーバンクルは先ほどのように威嚇したりはしなかった。クン、とジョシュアの指先の匂いを嗅ぎ、ぺろりと舐める。

その仕草が可愛くて、思わずにんまり笑顔になった。

「俺と一緒に行こう」

さらに言うと、カーバンクルはそろそろと繁みから這い出てきて、鼻先をジョシュアの手に擦《こす》りつけた。

「お前、可愛いなあ」

こちらが遠慮がちに撫《な》でると、それを許してくれる。ジョシュアは嬉しくなった。

「けど、どうやってここから出るかな」

猫くらいだと思っていたから、抱えて出ようと思っていた。星誕祭はエスケープするつもりだ。リンチに遭うとわかっているのに、のこのこ出向くアホはいない。

「うーん、どうしようか」

「キュウ？」

何を言っているの？　というようにカーバンクルが首を傾げる。そんな仕草も可愛い。

「お前……ってのも味気ないな。何か名前をつけようか。ハナはどうかな」

癒《いや》しのモフモフ毛並みのおかげで、実家の雑種犬、ハナ子を思い出したからで、ちょっと安直かなとは思ったが、カーバンクルは「キュワッ！」と嬉しそうに鳴いた。

「よし、じゃあお前はハナだ。さて、ここから出るには、人に見つからないようにしなきゃいけないんだ。お前は大きいし、毛がモフモフで目立つからな。どうにか隠さないといけない。もし……もしもできたら、だけど……カーバンクルの力で、小さくなったりできないかな」

ゲームで描かれていた大きさくらいになれば、ジョシュアも自分のジャケットに包める。できたらいいな、と一縷《いちる》の望みをかけて言ってみたのだが、果たしてハナことカーバンクルは、「キャウッ」と胸を反らした。

「えっ、ほんとにできるのか。すごいな」

ハナは「キュ」と小さく応じてから、一、二歩下がる。見ててね、というようにジョシュアをちらりと見た後、その大きな身体でくるっと宙返りして見せた。

「おお～……お、おーっ？」

ハナの足が地面に着いた瞬間、その姿が変化した。ふわふわのフェネックギツネもどきから、人間の子供の姿に変わったのである。

人間でいうと、三つか四つくらいだろうか。カーバンクルの毛並みと同じ、ふわふわ金色の髪に、金色の瞳をしている。人型だけど、耳と尻尾、それに額の赤い宝石はカーバンクルのままだった。そして裸だ。ハナは男の子だった。

「ハナ……？」

恐る恐る呼ぶと、ハナは「はーい」と人の言葉で返事をした。

「小さくなったよ！」

確かに小さくなった。思っていたのとは違ったが。でもこれで、目立たず王宮を抜け出せる。

アプフェル王国は人族の王が統治し、人口の八割は人族だが、少数ながら人族以外の種族も居住していた。獣人もごくわずかだがいる。

ハナのことは、獣人だと言えば通るだろう。出入り口で咎《とが》められたら、ジョシュアに付いてきた、獣人の従者見習いといって誤魔化そう。

「でも、服は着ないとな。さすがにスッポンポンはヤバいぞ」

ジョシュアは自分のジャケットを脱いで、ハナに着せようとした。

「ポンポン？」

ハナはキョトンとして、小首を傾げる。カーバンクルの時と同じ仕草だ。やっぱり可愛いなあ、とジョシュアはほっこりしてしまった。

「うん。ほら、俺みたいに服を着ないと、ここでは怪しまれるんだ」

ジョシュアは自分の服を示し、説明した。ハナはそれをじっと見つめていたかと思うと、こくっとうなずく。

「わかった」

言うが早いか、今度はバレエのピルエットを回るように、くるくるっとその場でターンした。あっという間にジョシュアの身に着けている礼服とそっくりの服を身に纏《まと》う。ペアルックみたいで可愛い。

「おおー、すごいな、ハナは！」

思わず拍手をしてしまった。ハナは「へへ」と嬉しそうに笑う。

「よし、じゃあ帰るか」

幼い子供の身体を抱き上げると、ハナは「きゃぁっ」と歓声を上げた。

気づけば、ずいぶんと時間が経っていたようだ。日が沈みつつあり、当たりは暗くなりかけていた。そろそろ星誕祭が始まる頃ではないだろうか。ぐずぐずしているとまずい。

抜け道を通って王宮の入り口へと急ぎながら、ジョシュアは疲労を感じていた。

ジョシュアとして覚醒して三日目、思うのはこの身体がひどく軟弱だということだ。ろくに運動をしたことがないらしく、手足が細く頼りなげだ。

目覚めた日から筋トレをしているが、筋肉は一朝一夕《いっちょういっせき》には身に付かない。筋肉が付くのが先か、元の世界に戻るのが先か。

「そういえばハナ。ハナはどうして、こんなところに迷い込んだ？」

王太子の居住区を無事に抜け、初めにイーヴァルと遭遇した辺りまで戻ってきた。廊下には先ほどよりも大勢の人が行き交《か》い、忙しそうにしている。

星誕祭の招待客らしい、着飾った若い男女の姿もちらほら見かけた。もうすぐイベントが始まるのだ。

「確かこの国って、高位の魔獣は生息してないはずなんだよ。ジョシュアの記憶によるとな。ハナはどこから来たんだ？　誰かに連れてこられたのか」

ジョシュアは先を急ぎながら、ハナに尋ねた。せっかく会話ができるようになったのだ。聞いておきたい。まだ幼いようだし、親がいるなら心配しているだろう。

「う……う？　わかんない」

ハナはジョシュアに抱かれて揺られるうちに、眠くなっていたようだ。ウトウトしかけたのを、声をかけられてハッと目を開ける。

「わからない？　一人で来たのか」

重ねて尋ねたが、ハナは少し考える仕草をするものの、やはり「わかんない」と答えた。

こちらの質問の意味は理解しているようだ。幼いからわからないのではなく、本当に知らないようだった。

「おぼえてない。おきたらあそこにいたの」

「そうか。……お父さん、お母さん……パパかママはどこにいる？」

ハナはまた少し考えて、ジョシュアに抱きついた。

「ママ！」

「えっ、俺？　いや、俺はママじゃないよ。ジョシュアだ。ジョシュア・アナナス」

「でもハナは、ママがハナのママだとおもう」

キリッとした顔で断言された。どういうことだ。

「じゃ、じゃあパパは？」

「わかんない」

ハナは首を横に振った。それから不意に、しゅん、とフェネックの耳と尻尾を垂らす。

「ハナ、わかんないの。おうちがどこかわすれちゃったの」

ジョシュアは息を呑んだ。ハナは記憶を失っている。いつから？　考えたが、わからなかった。ハナにもわからないだろう。

こんなこと、ゲームにはなかった。いやそもそも、カーバンクルが人間に変身するという設定もない。

「ハナのおうち、どこかな。どうしよう……」

さっきまで元気だった表情がみるみる曇り、金色の目に涙が溢《あふ》れる。ジョシュアも切なくなって、ぎゅっとハナを抱きしめた。

「大丈夫だよ。ハナはちょっと忘れてるだけだ。俺がおうちを見つけてやる。ハナの言う通り、今は俺がママだ。だから大丈夫。一緒に俺の家に帰ろう」

なだめながら小さな背中をさすると、ハナが「ママ……」とつぶやいてしがみついてきた。

この子を放っておけない。我が身も大事だが、ハナも大事だ。事情はわからないが、どうにかハナを元いたところに帰してやりたい。

もしもひどいところにいて逃げ出してきたのなら、自分が保護するべきだ。

この身に代えても護りたいという庇護欲が、ジョシュアの中にあった。自分だって明日をも知れない不安定な立場なのに、しかもさっき出会ったばかりの魔獣相手に、こんなふうに思うのはおかしいのかもしれない。

でも、自分の境遇とハナのそれとが重なったのだ。

どうしてここにいるのか知らない、帰る方法もわからない、自分が何者なのかさえあやふやになる、えも言われぬ心細さは、経験した者にしかわからないだろう。

ハナはジョシュアと同じだ。しかも、ジョシュアよりもずっと幼いのだ。

「ママ」

「うん。ハナのママだよ」

ジョシュアはしがみつくハナに微笑み、目に溜まった涙を拭いてやった。ぷくぷくのほっぺをつつくと、ハナはちょっとはにかんだように笑う。

「まずは帰って、腹ごしらえだな。腹が減っては戦ができぬ、って言うからな」

「うん、できぬ」

フェネックの耳がピッ、と伸びる。ちょっと元気が出たみたいだ。

ハナを抱えて先を急ぎながら、ジョシュアは頭の中で目まぐるしく算段した。

この子を護る、元の場所に戻すと息巻いたものの、カーバンクルのことはほとんどわからない。ジョシュアの記憶を懸命に遡《さかのぼ》っても、役に立つ知識は思い出せなかった。カーバンクルはここから遠く離れた、暗黒大陸と呼ばれる場所に生息しているといわれているが、情報はそれだけだ。

このアプフェル王国では、魔獣の生息数が他国に比べても少ない。魔力も知能も低い、低位の種族ばかりで、これらは害獣扱いされ、駆除の対象にされていた。

そもそも魔獣というのは人間にとって、畏怖《いふ》の対象なのだ。魔獣を恐れないのは、この世界でも魔族くらいのものだろう。

「あの男に聞いてみるかな」

幼い身体を抱え直しながら、ジョシュアは独《ひと》り言《ご》ちた。何やら廊下の向こうが騒がしい。ジョシュアがいた控えの間の辺りだ、と気づいた時、何か嫌な予感がした。

「あのおとこ?」

ハナが小首を傾げるので、安心させるように微笑みを返す。

「うん。ハナのこと、こういうのに詳しい男にあてがあるんだ。彼に相談してみよう」

先ほど遭遇した、イーヴァル・マルメラーデ伯爵。できれば関わりたくなかった。こちらの相談など聞いてもらえるかもわからないが、恐らくカーバンクルについては、この国の誰より詳しいだろう。背に腹は代えられない。彼に接触するのは、すごく嫌だし不安だけど……ハナのためだ。

心の中で決意を新たにした時、ジョシュアが最初に通された控えの間のドアが、勢いよく開かれた。中から若い男が二人、怒った様子で飛び出てきて、ジョシュアは彼らの姿を認めた瞬間、思わず後《あと》退《ずさ》ってしまった。

彼らが何者なのか、イーヴァルの時と同様、すぐにわかった。青毛の騎士オリバーと、緑髪の天才学者ラース。攻略キャラの二人だ。

彼らは聖也やアレン王子と一緒に登場するはずだったのに、こんなところで何をしているのだろう。次から次に、ゲームとは違うことが起こる。ジョシュアがハナを「春の庭」から連れ出したせいだろうか。

攻略キャラ二人が怒ったような、剣呑《けんのん》な表情をしているのを見て、ジョシュアは咄嗟にハナを床に下ろした。

さりげなく手櫛《てぐし》でハナの前髪を整え、額の宝石が見えないようにする。カーバンクルが人型に変身する事実は、この国の人々の知識にはないようだが、念のためだ。それから自分の背後にハナを隠す。

「ママ?」

「ちょっと俺の後ろにいてくれ」

「ジョシュア・アナナス！」

青毛のオリバーがこちらに気づき、肩を怒らせて近づいてきた。ハナが怯えたようにギュッとジョシュアの手を握る。大丈夫だよ、と微笑んだ時、オリバーがいきなりジョシュアの腕を乱暴に掴んだ。

「こんなところにいたのか。ぐずぐずするな、早く来い！」

骨が軋《きし》むほど強い力だった。勢いよく引っ張られ、体重の軽い身体がよろめく。

「痛っ……おい、何するんだ。乱暴だぞ！」

ジョシュアはオリバーとも、隣のラースとも特別親しくない。ゲームのジョシュアは攻略キャラたちに媚《こ》びていたが、こちらの世界のジョシュアはそこまであからさまではなく、アレン王子の側近と親しくしたい、という慎ましげなものだった。

対してオリバーとラースは、ゲームでも現実でも、ジョシュアをあまりよく思っていないようだった。もともと親同士、政治的な対立があるので、そのせいもあるのだろう。

ジョシュアはアレンの婚約者なので、二人とも表向きは丁寧に接していたが、態度や言葉の端々に本音がちらついていた。

それでも、こんなふうにあからさまに乱暴で失礼な態度を取ったことはない。いったい、何がどうなっているのやら。

「腕を放せよ。いくら王太子の側近だからって、失礼じゃないのか」

罪人でも引っ立てるかのような態度に、ジョシュアは腹が立って相手を睨んだ。

ジョシュアがそんな態度を取るとは思わなかったのだろう。オリバーと、それに横で見ていたラースも、驚いたように目を見開く。

しかし、言い返されてカッとなったのか、オリバーはさらに目を吊り上げ、腕を掴む手に力を込めた。

「いいから来い！」

さすがにそれはないと思ったのか、横からラースが口を出す。

「ジョシュア・アナナス、星誕祭の時間が迫っているんだ。お前がグズグズしているから始まらないではないか」

「はあ？　そんな催しじゃないだろ」

ジョシュアはあくまで、招待客の一人だ。ジョシュアがいないからといって、催しができないわけではない。

こんなのはおかしい。ジョシュアは星誕祭が始まる前に逃げ出すつもりだったのに、これでは家に帰れないではないか。

「ママ！　ママをいじめないで」

ジョシュアのピンチだと思ったのか、ハナが目に涙を溜めながら、オリバーを睨む。

「ハナ」

オリバーとラースの視線がハナに移り、ひやりとした。カーバンクルだと知れたらどうしよう。

もしこの場でハナが魔獣だと気づかれたら、ハナはどうなるのだろう。ゲームでは聖也が手懐けてペットにしたので、めでたしめでたしだったが、ジョシュアが連れていたら状況は一変する。

ハナを後ろに庇《かば》ったが、オリバーは馬鹿にしたように「ハッ」と声を上げた。

「獣人か」

あからさまな侮蔑の眼差しを向けられ、ハナが怯えたように息を呑む。そういえば、この国では人間以外の種族、とりわけ獣人の立場は低いのだ。

「俺の従者だ。この子に乱暴な真似をしたら許さないぞ」

ジョシュアが睨むと、オリバーは一瞬、鼻白《はなじろ》んだ後、取り繕うように「はあ？」と大きな声を上げた。

「獣人の、こんなチビが従者とは。侯爵令息も落ちぶれたもんだなあ。いよいよ父親に見放されたか？」

馬鹿にしきった顔で、そんなことを言う。ジョシュアが父親の侯爵に冷遇されているのは、周知の事実なのだ。

それにしても、これが攻略キャラなのか。ゲームでも脳筋の俺様キャラという位置づけではあったが、さっぱりした気持ちのいい性格だったし、少なくともこんな乱暴で嫌な奴ではなかった。

隣のラースも似たり寄ったりだ。冷静な頭脳派タイプのはずなのに、オリバーと同様、侮蔑の眼差しをこちらに向けている。

どうやらこの世界、ゲームと似ているが、相違点がいくつもあるらしい。

それは大いに気になるものの、今ここで考えることではなかった。今、優先すべきは、ハナを連れて速やかに王宮を立ち去ることだ。

「話がそれだけなら、腕を放してくれないか。気分が悪くなったので、今日はもう帰りたいんだ」

なるべく穏便に、と自分に言い聞かせ、オリバーに告げた。だがオリバーは「はあ？」とまた、腹の立つ声を上げる。

「そんなの通るわけないだろ」

「アレン殿下と聖也殿が待ってる。早くしろよ」

ラースが横から、急かすように言う。二人はもう、会場にいるらしい。ジョシュアが来ないから、二人が呼びに来たのだ。

断罪イベントだ。焦りが込み上げた。

「知らないよ。殿下は聖也をエスコートしたんだろ。なら俺は、関係ない。腕を放してくれ」

「逃がさねえぞ。おいチビ、邪魔だ。どけ」

ハナを平気で蹴飛ばしそうな勢いに、ジョシュアもカッとなった。

「放せって言ってるだろ」

ハナから遠ざけるために、オリバーに体当たりするように身体を近づける。自分より大柄な青年を睨み上げると、オリバーも睨み返した。ヤンキーの喧嘩みたいだ。

「聞こえなかったのか。気分が悪くて帰りたいんだ。それとも言葉が理解できないのか？」

「ああ？　何だと？」

「やっぱり言葉が理解できていないみたいだな、脳筋オリバー。お前の吐く息がレーズン臭くて、気分が悪くなったって言ってるんだよ。レーズンが脳みそまで回ってるんじゃないのか」

オリバーはレーズンが好物だ。ゲーム内でもよく、レーズンの入った食べ物を喜んで食べていた。

それを咄嗟に思い出したのだが、ちょっと言い方がまずかったかもしれない。

オリバーは一瞬ぽかんとした後、みるみる真っ赤になった。その目から侮蔑が消え、代わりに怒りと憎しみが支配する。穏便に済まそうと思っていたのに、逆なでしてしまった。

まずいな、と思った途端、腕を捻《ひね》り上げられ、苦痛に呻いた。

「ふざけやがって、この野郎！」

「オリバー、落ち着け。……衛兵！」

ジョシュアをその場で殴り倒しそうな勢いに、ラースが焦って間に入った。ホッとしたのもつかの間、ラースは周りの衛兵を呼ぶ。

「おい、ジョシュア・アナナス殿を、星誕祭の会場までお連れしろ！」

言葉面だけは丁寧だが、とても「お連れする」態度ではなかった。周りで事を見守っていた衛兵たちが近づいてきて、両脇からジョシュアの腕を摑む。

こうして抵抗もむなしく、ジョシュアは星誕祭の会場、「断罪イベント」の現場へと連行されたのだった。


「ジョシュア・アナナス。お前との婚約は破棄させてもらう」

見目麗しい青年が、周りによく通る声で言い放った。

赤みを帯びた茶色の瞳が、嫌悪と侮蔑を込めてジョシュアを睨みつけている。アレン・アプフェル、この国の王太子でありジョシュアの婚約者だ。

にもかかわらず、その傍《かたわ》らには聖也が寄り添っていた。

衛兵たちに連行され、星誕祭の会場である大広間へ着くと、そこにはすでにアレンと聖也の姿があった。客もあらかた揃《そろ》っているようで、着飾った若い男女たちが広間の中心に立つアレンと聖也を遠巻きに取り囲んでいた。

ゲームで何度も見た、「断罪イベント」の舞台だ。しかし、ゲームの画面とジョシュアの視点とは、見える景色も当然違う。

周りの客たちは、これから何か特別なことが起こると理解しているようだった。ジョシュアが到着する前、アレンが何か彼らに告げたのかもしれない。

客のほとんどは戸惑いながら、それでも半笑いを浮かべ、物見高い表情を垣間見《かいまみ》せている。一部の客は、現れたジョシュアに、先ほどのオリバーやラースと同様、侮蔑の表情を浮かべていた。

彼らは王族、あるいは王党派の貴族たちだ。彼らの顔と、ジョシュアの記憶とを遡り、そのことに気づいた。

今から、何か政治的なことが起ころうとしている。ジョシュアは直感した。「断罪イベント」は悪役令息を糾弾《きゆうだん》し、聖也のライバルを退場させる恋のイベントのはずだったのに。

「聞いているのか、ジョシュア！　お前との婚約を破棄すると言っているんだ」

罪人のように広間の中央に引き立てられたジョシュアに、苛立ったようにアレンは言った。

覚醒してから初めて、婚約者の顔を見る。ハンサムだが、いかにもボンボン育ちといった青臭い顔だ。

隣の聖也も、男にしては可愛らしい顔をしているが、公《おおやけ》の場で王太子と腕を組み、底意地の悪そうな笑みをジョシュアに向けている。

「何の茶番だ、これは」

思わず、ジョシュアはつぶやいた。ハナは無事だろうか。それだけが気がかりだ。

衛兵に連行されるジョシュアを、ハナは「ママ！」と追いかけようとした。衛兵の一人に腕を摑まれ、イヤイヤをする。

「ママ！」

「ハナ、俺は大丈夫だ。おい衛兵！　その子は俺の従者だ。乱暴にしたらぶっ殺すぞ」

すごむジョシュアを見て、ラースが「下品な」と眉をひそめたが、それどころではなかった。身を捩《よじ》り、何とかハナのところまで近づく。

「ハナ、ちょっとだけ待っててくれ。すぐに戻ってくる。それまでこのおじちゃんと一緒に、いい子にしてるんだぞ」

このおじちゃん、というのはハナを掴んでいる衛兵のことだ。その衛兵に「おい」とすごんだ。

「今すぐ、イーヴァルを呼べ。イーヴァル・マルメラーデ伯爵だ。ジョシュアが呼んでいると言えばわかる」

いや、言ってもわからないだろうが、この場ではハッタリをかますしかなかった。ジョシュアには味方などいないのである。

敵か味方かといったら、イーヴァルはジョシュアの敵だ。ゲームではそうなっている。けれど今、ハナを助けるためにはイーヴァルに縋《すが》るしかなかった。

「いいか、絶対にイーヴァルを呼んでこい。それも今すぐ、直ちにだ。それまでお前がこの子を護るんだ。いいな」

いきなり護衛を任命された衛兵は、戸惑っていた。それはそうだろう。王宮付きの衛兵に、ジョシュアの命令を聞く義務はない。

しかし同時に、ラースやオリバーの命令を聞く義務もなかった。

「俺はアナナス侯爵の長男で、アレン王太子の婚約者だ。そこの青毛の脳筋と緑髪のガリもやし、あいつらと俺のどっちの立場が上か、わかるだろう？　頼むから約束してくれ。この子を護るんだ。……お前の顔はきっちり覚えたからな。逆らったらアナナス侯爵家が黙っちゃいないぞ」

　頼んだり脅したり忙しかったが、こちらの必死さは伝わったようだ。こくこくと衛兵が何度もうなずくのを見て、ジョシュアはそれ以上抵抗せず、連行されるのに身を任せた。

　イーヴァル・マルメラーデの名前が出た時、オリバーとラースが一瞬、驚いたが、大したことではないと判断したようだ。

「伯爵といっても外国人だろ。うちのほうが家格は上だ」

　オリバーがうそぶく通り、イーヴァルは伯爵とはいえ新興の貴族で、外国人だ。大したことはできまい、というのだろう。

　その通りかもしれない。イーヴァルに、ジョシュアのこの状況を救うことはできないかもしれないし、そんな義理もない。

　でも、ハナを助けることはできる。そのはずだ。

　今は信じるしかなかった。ハナを護ると誓ったのに、こんな事態になってしまった。何もできない己の無力さに、ジョシュアは内心で歯噛みした。

　けれどとにかく、今は「断罪イベント」だ。我が身をどうにかしなければならない。

「王太子に向かって茶番とは何だ。無礼だぞ」

　アレンのそばに立ったラースが、ジョシュアのつぶやきを聞きつけて言った。ジョシュアはため息をつく。

　断罪イベントは、こんな筋書きではなかったはずだ。シナリオは確かにクソだが、もう少し筋が通っていた。

しかし、ジョシュアがカーバンクルのハナを連れ出した時点で、ゲームとは違ってきているのだろう。この場では、ゲームの内容を知っていてもアドバンテージにはならない。自分で切り抜けなければならないのだ。

これはゲームじゃない。夢でもない。現実の世界だ。

バクバクとにわかに心臓の鼓動が大きくなるのを感じながら、ジョシュアはアレンを見据えた。聖也と、それからラースにオリバーをぐるりと見回す。

「茶番だから茶番だと言ったんだ。アレン殿下。これはいったいどういうわけです？」

ゆっくりと喋《しゃべ》りながら、頭を目まぐるしく回転させた。

記憶にある限り、ジョシュア・アナナスはよく勉強していた。王太子妃となるために、いじらしいくらい頑張って、知識と教養をよく身に付けていた。

この国の政治のことも知っている。ただ、家庭で抑圧され続けたおかげで、そうした知識や教養を披露することができず、周りから軽んじられていただけで。

「婚約破棄？　殿下が一方的に？」

「な……ど、どういう意味だ」

アレンが怯《ひる》んだように顎《あご》を引いた。聖也も底意地の悪そうな笑みを消し、驚いた顔をしている。

本物のジョシュアは、ゲームとは違って気の弱い男だった。誰かに何か言われても、言い返すなんて思いも及ばない、という性格だ。

記憶を掘り返す限り、ジョシュアがアレンに反論したことは今まで一度もなかった。

「それともこれは、国王陛下のご判断ですか。ならば殿下から私にではなく、陛下から父に話をするべき問題でしょう」

この国は、国王と貴族院による寡頭制《かとう》だ。その国王と貴族院とは、歴史の裏、宮中で密やかに覇権を争ってきたが、現在は国王より貴族院のほうが勢いがある。

現王は日に日に影が薄くなっているし、貴族院が半ば強引に、アレンという、顔はいいが頭の出来はよろしくない王族を王太子に据え、貴族院のアナナス侯爵の長男を婚約者に決めた。

おかげで国王は貴族院に押される一方だ。王は貴族院の傀儡《かいらい》、などという声が、あまり市井の噂に詳しくないジョシュアの耳にも届いていた。

アレンは成長してもやっぱり顔以外はパッとせず、養父である国王はアレンに期待をしていなかった。

王子も、自分への周りの評価は肌で感じていて、いつか目を瞠《みは》る活躍して、みんなをあっと言わせてやる、というようなことをジョシュアにも言っていた。

(他のキャラもだけど、アレンもゲームの性格とだいぶ違うな)

「へ、陛下には、これからご報告するつもりだ。陛下もお前のことはよく思っていなかった。きっと賛成なさるだろう」

こちらが強気に出た途端、打って変わって自信なげに視線を彷徨わせ、アレンは言った。

やっぱり、思った通りだった。このチャラ男に事前の根回しなどできるはずがない。これはアレンが考えた、「俺が活躍してみんなをあっと言わせる、最強の計画」のつもりなのだろう。

ジョシュアの素行の悪さ、国賓である聖也への嫌がらせ、無礼の数々を大勢の前で晒し上げ、婚約を破棄する。アナナス家の威光も落ちて、国王も万々歳。国王も王党派もアレンを見直す……といったところだろうか。

「では、王太子殿下の独断なのですね。陛下の許可もなく、我が侯爵家への事前の根回しもせずに、ただ俺に恥をかかせるためだけに、衆目の場に引きずり出し、婚約破棄などと声高に告げたわけですか」

「な……」

ジョシュアは懸命に冷静さを装って、アレンを見返した。こちらが優勢に見えるが、実は、ジョシュアの置かれている状況はあまり変わっていない。

これはアレンの計画だ。ただ、脳みそスカスカ王子が一人で考えたにしては、そう悪くない計画だった。

貴族院は日ごとに勢いを増している。ほんの少数の上級貴族が権力を握り、さらに貴族院は基本的に世襲制ときている。王族のみならず、同じ貴族からも不満が上がるのは当然だった。

そんな時、聖也が現れた。異界から来た救世主、王国の守護者だ。魔術を使える人間が少ないアプフェル王国において、世にも稀《まれ》な聖魔法を使えるという。

聖魔法は癒しの技だという、しかし魔法の活用が重要なのではない。聖魔術師「聖人」というのは、その存在そのものに権威があるのだ。

聖也を最初に保護したのは国王で、今も後見人の立場にある。つまり、聖也の意思にかかわらず、「聖人」は王党派ということになる。

どの王族や貴族ともしがらみのない、純粋な権威が、国王の派閥に加わったのだ。

ここで、王太子の婚約者、アナナス侯爵令息との婚約を破棄し、聖也との婚約を表明したらどうなるか。貴族院を快く思わない貴族たちも、彼らを支持するのではないか。

しかも、大勢の王族や貴族の子女が集まる面前で、侯爵令息を徹底的に貶《おとし》めるのだ。

アレンはルール違反をいくつも犯しているから、当然アナナス侯爵や貴族院から突き上げを食らうだろう。

だが、突き上げられるのはアレンだけだ。これはアレンの独断で、彼一人の責任なのだから。

聖也は宮廷の内情など右も左もわからない異邦人だし、国王はこの件に関わっていなかった。

アレンは今後ますます、暗愚のレッテルを貼られるだろうが、国王と聖也の権威は揺るがない。

「いずれにせよ、楽しい星誕祭の場を占有して続ける話ではないでしょう。本当に婚約破棄のお気持ちがあるのでしたら、陛下と私の父にまず話をつけてください。では」

ジョシュアは言うだけ言って、くるりと踵《きびす》を返した。ハナはどうしているだろう。無事だろうか。

「ま、待て。話は終わってないぞ」

背後でアレンの声がして、腕が伸びてくる。しかしそれは、アレンのものではなかった。

聖也がジョシュアの腕を掴もうとする。こちらが逃れようとした瞬間、聖也が「ああっ」と大袈裟な声を上げて転んだ。

「痛っ、いたーい」

あまりに下手な芝居に、ジョシュアは「は？」と立ち止まってしまった。

「聖也、大丈夫か。何て乱暴を」

アレンをはじめ、オリバーとラースもすかさず駆け寄ってきて聖也を抱き起こす。「捻挫《ねんざ》してる」「折れてるかも」などと深刻な顔で言い合っているので、呆れてしまった。

相手にせず帰ろう、と踵を返しかけたところへ、またもアレンの声が上がる。今度はさっきより剣呑だった。

「待て！　逃げるな、ジョシュア・アナナス！　衛兵、こいつをひっ捕らえろ！」

大広間の隅に控えていた警護の衛兵たちに呼びかける。彼らも、何の芝居かと戸惑っていたが、そこにオリバーとラースが続いた。

「この者は、王国の守護者である聖也殿に害をなそうとした悪漢だ。こいつを捕縛しろ！」

「王太子の命だ、早くしろ！」

いうまでもなく、この場でもっとも位が高いのは王太子であるアレンだ。そのアレンの命令だと言われ、衛兵たちは戸惑いながらも動き出した。

まずい、とジョシュアも焦る。王太子と側近、それに聖也がジョシュアを暴漢だと断定したのだ。

ここで捕らえられたら、事実はどうあれ、ジョシュアも無罪では済まない。

逃げるのもよくない。後ろ暗いことがあると言っているようなものだ。

衛兵の一人が、恐る恐るというようにジョシュアの腕を取る。その時だった。

「――余興はそこまで。衛兵、下がりなさい」

大広間の一角で、きっぱりとした声が上がった。

丁寧な口調だったが、有無を言わせぬ声音に、その場の者は一斉に動きを止めた。ジョシュアも驚いて声のするほうを見る。その場にいた人物に、さらに驚いて目を瞠った。

「イーヴァル……マルメラーデ伯爵」

大広間の入り口に、数人の衛兵を従えたイーヴァルが立っていた。冷静に微笑みさえたたえる伯爵は、アレンに向かって「そこまでです」と繰り返す。

「殿下。いくら余興とはいえ、これはいささかやりすぎでしょう」

「マルメラーデ伯爵。お前の出る幕ではない。ここは星誕祭の場、若者の集いだぞ」

外国人の伯爵ごときに、という気持ちがあるのだろう。アレンが虚勢を張って相手を睨む。

「若者の愚行をいさめるのも年長者の務めです。殿下が引き際を見極めねば、国王陛下のお立場も悪くなりましょう」

国王陛下と聞いて、アレンはぐっと言葉に詰まった。床に転んでいた聖也は、オリバーたちの手を借りて立ち上がりながら、恨めしそうにイーヴァルを睨みつけた。怪我はなさそうだ。

イーヴァルもそれを見て、にっこり笑う。威圧的な微笑みだった。

「では、ジョシュア殿の身柄は私が預かりましょう。ジョシュア殿、こちらへ」

金色の瞳がジョシュアに向けられ、思わず息を呑む。どうして、という疑問が頭をよぎった。

いや、呼んだのは自分だ。しかし、本当に来てくれるかは賭けだったし、しかもこの場に来てくれるとは思ってもみなかった。

そういえば、ハナはどうしたのだろう。そう思った時、イーヴァルの後ろから、ぴょこっとフェネックの耳が現れた。

「ママ！」

「ハナ！」

よかった、元気そうだ。ホッとして、ジョシュアはハナに駆け寄ろうとした。

ろくに周りを見ずに足を踏み出した途端、何かにつまずいた。誰かの足だ。足を引っかけられたのだと気づいた時には、身体はバランスを崩していた。

咄嗟に受け身を取ろうとして、失敗する。余計に体勢を崩し、頭をしこたま床に打ち付けた。

思わず顔をしかめたジョシュアの視線の先に、聖也のほくそ笑んだ顔が見える。足をかけたのはこいつか。

(この……ビッチ)

「ママ!」

ハナの悲痛な声がした。俺は大丈夫だと身体を動かそうとして、くらっとめまいがする。

「あ……」

すうっとカーテンが下りるように、視界が暗くなった。

「ママーっ」

本当にこの身体は非力だ。受け身一つ取れず、ハナも護れない。

(起きたら筋トレしよう)

それきり、意識は途切れた。

ごめんなさい、と誰かの声がした。

——ごめんなさい。僕のせいだ。

目の前に、自分が立っていた。金髪碧眼の美青年。気弱そうに身をすくめる、ジョシュア・アナナス。

ぼんやりした意識の中でつぶやく。声にしたつもりで、声にならなかった。そうそう、夢というのはこういうものだ。意識がふわふわして、身体も自由にならない。

（本物のほうか）

さっきまでの出来事はやはり、夢ではなく現実だった。

――ごめんなさい。僕のせいなんだ。僕が願ったから。

本物のジョシュアは、こちらを見つめて何度も謝っていた。

（願う？）

――別の誰かになりたかった。別の世界に行きたかった。ここじゃないどこかに。

子供の頃から誰かに必要とされたことはなかった。母は無関心で、父には憎まれている。

アレン王太子の婚約者である、という事実だけが、自分の心のよりどころだった。

王太子の婚約者だから、着る物も食べる物もちゃんとしたものを与えてもらえる。教育も受けさせてもらえる。

アレンが自分のことを何とも思っていなくても、構わなかった。ただ、王太子の伴侶にさえなれれば。

けれど聖也という青年が現れて、アレンと急速に親しくなっていき、ジョシュアは危機感を募らせた。

どうか、自分の立場を奪わないでほしい。アレンの婚約者でなくなったら、自分はどうなるだろう。

侯爵家は次男が継ぐことが決まっていて、ジョシュアはあの家で厄介者だ。もう、食べ物も着る物も満足に与えられないかもしれない。

どうかこれ以上、辛いことが起こりませんように。

ジョシュアは子供の頃から続けていたそのお祈りを、必死に繰り返した。ただの祈りに現実を好転させる力などないことも知っていた。だが、知っていても彼には祈ることしかできなかった。

あの日、父親から星誕祭のことを聞かされた。星誕祭の日、アレンは婚約者の自分ではなく、聖也を同伴するつもりだと。

もう終わりだと思った。アレンがジョシュアとの婚約を破棄し、聖也と婚約したがっていることは前から知っていた。裏で国王がそれを後押ししていることも。

――もう嫌だ。

いつも自分を恫喝し、暴力を振るう父親。気まぐれに自分を振り回す考えなしな婚約者も、ジョシュアを馬鹿にするオリバーやラース、人のいないところでジョシュアに意地悪をしたり嫌味を言う聖也も。

もうこんな世界に生きていたくない。どこか違う世界の、違う誰かになりたい。そう、強く願った。

(それで、入れ替わったたって?)

そんなことがあるのだろうか。では、元の自分の身体はどうなったのだろう。ジョシュアの魂が入っているのだろうか。

疑問が次々に頭に浮かんだが、目の前のジョシュアは答えてくれなかった。泣き出しそうな顔で、ごめんなさいと繰り返していた。

元には戻れないのだろうかと思ったが、そうすると今度は、本物のジョシュアが悲しいことになる。

(……まあ、なっちまったもんはしょうがないわな)

わざとじゃないし。気にするなとは言えないが、ジョシュアの家庭環境を思うと、しょうがないなとしか言えなかった。
（こっちはこっちで、何とかしてみるよ）
だからもう、謝らなくていいよ。
慰めたつもりだったが、ジョシュアは「ごめんなさい」と涙をこぼした。

二

「ママ！」

目を覚ますと、こちらを覗き込む、ハナのくりくりした金色の瞳とかち合った。

「ハナ……」

無事だったんだな、とハナに手を伸ばそうとした途端、ハナはくるっと後ろを向き、ダダダッと走っていく。

「おじちゃん、おじちゃーん！　ママ、目がさめた！」

「え、おじちゃん？」

誰のことだ。そして、ここはどこだろう。

身体を起こして周りを見回したが、見覚えのない部屋だった。服は窮屈な上着だけ脱がされ、ベッドに寝かされていた。

「目が覚めましたか」

ぴょこぴょこ跳ねるハナと一緒に現れたのは、イーヴァルだった。おじちゃんとは、イーヴァルのことらしい。

「こ、こらハナ、おじちゃんはないだろ。お兄ちゃん、って言っときなさい」

慌てたジョシュアは、声を潜めてハナをたしなめた。ハナはきょとんとし、イーヴァルはにっこり笑っただけだった。

しかし、この笑顔がジョシュアには恐ろしかった。

イーヴァルには深く関わってはいけないのに、自分から助けを求めてしまった。

「あの、俺……助けていただいて、ありがとうございました」

聖也に足を引っかけられ、受け身を取り損なって頭を打ち付けた。そこまでは覚えている。あれからどうなったのだろう。

「いいえ。いきなり見知らぬ場所にいて驚かれたでしょう。ここは私の屋敷です。身体はどうですか。頭のこぶは治しましたが」

「え、治す？」

「おじ……おにいちゃん、すごいの。ママの頭ぱあってして、ぱーん、てしたの」

「俺の頭が、ぱーん……？」

ハナが興奮したように身振り手振りで説明してくれたが、何だか物騒な擬音ばかりだ。背筋が寒くなった。

青ざめるジョシュアを見て、イーヴァルがくすりと笑う。

「ご心配なく。私は多少、魔術の心得がありましてね。頭のこぶくらいでしたら、癒すことができるのです」

気分はどうですか、というので、ジョシュアは大丈夫だと答えてお礼を言った。

そう、この男なら怪我を治すくらい、朝飯前なのだった。多少の心得どころではない。世にも稀な魔力の持ち主なのだから。だが、それをここで口にすべきではないだろう。

「何から何までありがとうございます。どこも痛くありません。さすがは、宮廷魔術師顧問であられますね」

「おや、ご存知でしたか」

意外そうに言われて、まずかったかなと冷や汗をかいた。この情報は、ジョシュアの記憶ではなく、ゲームの設定だった気がする。

「も、もちろんです。魔術師の少ない我が国で、伯爵の魔術に関するご見識は、宮廷中で噂になっておりますから。オホホ」

慌てて誤魔化そうとして、マダム笑いになってしまった。

「なるほど。さすがアナナス侯爵のご令息、宮中の情報にもお詳しいのですね」

「いえ、それほどでも」

ははは、おほほ、と白々しい笑いが飛び交い、間でハナが不思議そうにしている。それを見て、イーヴァルは胡散臭《うさんくさ》い笑いを消した。

「ご気分がよいようでしたら、別室でお茶でもいかがですか。いきなり見知らぬ場所にいて、驚かれたでしょう。いろいろご説明しますよ。ハナもおいで」

「はーい。ママ、いこ！」

何やら、イーヴァルと仲良くなっている。それはいいことだ。ハナと手を繋《つな》ぎ、イーヴァルに付いて部屋を出ながら、この男はどこまで知っているのだろうと考える。

ハナが獣人ではなく、魔獣カーバンクルだと気づいているだろうか。いや、気づいていないはずがない。ただの獣人を助ける義理はないだろうし……。

廊下にあった柱時計を見ると、星誕祭の大広間に引きずり出されてから、二時間ほど経っているようだ。ジョシュアが気を失っていたのは、それほど長い時間ではなかったらしい。

イーヴァルに案内された部屋に移ると、そこには大きな丸テーブルにお茶と軽食が用意されていた。

「星誕祭があのようなことになって、食事もされていないでしょう。足りなければまだ用意させますから、どうぞご遠慮なく」

「ごはん、おいしかったよ。ハナも食べたの。甘いのもいっぱい」

ジョシュアが気を失っている間、イーヴァルはハナの面倒を見てくれていたらしい。明るいハナの様子にホッとした。

「そうか、よかったな。本当にありがとうございます」

心からイーヴァルに感謝し、頭を下げた。銀髪の男は、にっこりと紳士的な微笑みで返す。

「いいえ。さあ、お茶が冷めないうちにどうぞ」

ジョシュアはありがたく、いただくことにした。お茶と軽食は美味しかったし、茶器も上品だ。

部屋の調度も、全体にシンプルに見えるが、さりげなくよいものを揃えていそうだ。

アプフェル王国では、衣装もしかり、部屋の内装や建築も、わりとカラフルでゴテゴテ華美なものが多い。それに比べるとこの屋敷も、そしてイーヴァルの装いも、すっきりとして洗練されていた。

(ゲームでは、こういうのなかったよな)

イーヴァルと主人公は、もっぱら王宮で会うので、イーヴァルの屋敷というのは出てこなかった。

イーヴァル・マルメラーデ伯爵は、元は南方のピルツ王国の貴族の次男で、爵位は兄が継いで自分は商人となって世界中を渡り歩き、三十二歳の今は若くして富を築き、外国人ながらアプフェル王国の爵位を賜《たまわ》り貴族となった。

商人としてアプフェル王国の宮廷に出入りするようになって国王に気に入られ、魔術の素養と豊富な見識があったことから、宮廷魔術師顧問の栄誉職を得たとか。

表向きの設定は、そういうことになっている。表向きは。

そう、イーヴァル・マルメラーデ伯爵とは、世を忍ぶ仮の姿なのだ。四人目の攻略対象、イーヴァルには秘密があった。

「あなたが倒れた後、侯爵家の馬車を呼んで送り届けようとしたのですがね」

ジョシュアが一息ついた頃合いを見計らって、イーヴァルは星誕祭であった出来事について、話してくれた。

ジョシュアの隣では、ハナがクッションをいくつも重ねた椅子の上に座り、ケーキを頬張っている。本当に甘い物が好きらしい。

イーヴァルの説明によれば、倒れたジョシュアをイーヴァルが抱え、王宮の詰め所で控えていた、アナナス侯爵家の侍従のところへ連れていってくれた。ハナと一緒に侯爵家まで同伴してくれるつもりだったらしい。

しかし侍従はハナを見るなり、獣人を屋敷に連れていけない、と断った。

この国は多数派の人族が幅を利かせていて、獣人やその他の種族に対して差別的だ。アナナス侯爵はとりわけ差別主義者なので、獣人などを家に連れていったら、侍従はクビになるという。

ジョシュアとしては、アナナス侯爵が四の五の言ってきたらぶっ飛ばすつもりだったが、その時は意識を失っていた。

ハナはジョシュアを「ママ」と呼んで、離れようとしない。そこでイーヴァルは、ジョシュアとハナを自分の屋敷に連れてきたというわけだ。

アナナス侯爵にも侍従を通して伝えてもらったが、つい先ほど、息子はしばらくそちらで預かってもらって構わない、という返事が来たとか。

すっかり暴力的になった息子を、体《てい》よく遠ざけたかったのだろう。といっても、やられたからやり返しただけだが。

「預かってもらって構わないって、偉そうですね。うちの父が申し訳ありません」

実父という意識はないが、父親の礼儀を知らない態度にジョシュアは恐縮した。

息子を保護してくれた相手に、どうして上から物を言うのか。格下の貴族とはいえ、お礼の一つも言って、預かってほしいならそのようにお願いするのが筋ではないか。

「お気になさらず。私もアプフェルの宮廷にいて、ここの貴族の方々のことは存じておりますからね」

澄まして言うイーヴァルの口調には、アプフェル王国の貴族に対する棘《とげ》があって、ジョシュアも苦笑してしまった。

「まあ……みんな偉そうですよね。ここの特権階級の方々は」

もともと身分制度のない日本にいたせいか、周りの人たちが身分にこだわっているのを見ると、どうも居心地の悪さを感じてしまう。

「でも本当に、ありがとうございました。おかげで、ハナと離れずに済みました」

「この子は見たところ獣人のようですが、あなたの息子、というわけではないのでしょうね」

イーヴァルが言う。ハナがカーバンクルだと気づいていないのだろうか。知っていてしらばっくれているのか。

わからないが、ここは相手に合わせることにして、獣人の子で押し通すことにした。

「ええ。実は迷子だったのを保護したんです。この子には記憶がないようで」

「記憶が？」

初耳だったらしい。イーヴァルの金色の瞳が、大きく見開かれた。

「ええ。どうして迷子だったのか、どこから来たのかも思い出せないようです。な、ハナ」

「う？　……うん。ハナ、おぼえてないの」

それまで夢中でケーキを食べていたハナだが、自分の境遇を思い出したのか、しゅんと耳と尻尾を下げた。

「おうちもわかんなくて。パパとママのことも……ど、どうしよう」

うぐ、と嗚咽《おえつ》を呑み込むのを見て、ジョシュアは慌ててハナを抱きしめた。

「大丈夫だ。言っただろ、本当のパパとママがわかるまで、俺がママだって。ハナを放り出したりしないから、安心しな」

ハナは目に溜まった涙を振り払うようにギュッと目をつぶり、それからこくっとうなずいた。小さな手がジョシュアの服の裾を握りしめるのに、この子だけは護らなければ、と思う。

そうはいっても、自分は無力だ。断罪イベントは中途半端に終わったが、なかったわけではない。侯爵からも厄介払いされそうになっている。これからどうすればいいだろう。

「そういうことでしたら」

ハナを抱きしめながら悲愴《ひそう》な気持ちになっていた時、穏やかな声が聞こえて、ハッとした。顔を上げると、銀髪の伯爵がにっこりと紳士的な笑みをこちらに向けた。

「そういうことでしたら、しばらくハナと一緒にこの屋敷に滞在されてはいかがでしょう。先ほどの星誕祭の一件もありますし。あの場はどうにか収めましたが、アレン殿下側も黙っていないはずです」

「どういうことです」

あのバカ王子が、まだ何かやらかそうというのか。

「星誕祭という公の場であれだけ騒いだのですから、あちらにも面目というものがあります。何もなかった、すべて王太子の気のせいでした、で済ませるわけにはいかないでしょう」

本来ならあの場で、ジョシュアは婚約破棄を一方的に言い渡され、言い返すこともできず、すごすご引き下がっていたはずだ。

正式な婚約破棄ではないが、アナナス侯爵令息に赤っ恥をかかせることはできたし、黙って引き下がったのだから、当人にも何かやましいことがあったのだと、見ていた人たちは考えたはずだ。

星誕祭の出席者たち、良家の子女たちによって噂は宮中に広められ、ジョシュアは不名誉な立場に置かれていただろう。

アレンがルール違反を犯したことを差し引いても、ジョシュアは王太子の伴侶にふさわしくない、という宮中の空気を作り出すことはできたはずだ。

ところが、騒動は中途半端に終わってしまった。あれではアレンとその周辺がバカ騒ぎをしただけだ。それどころか、偶然とはいえ騒ぎの中でアナナス侯爵令息に怪我を負わせてしまった。

当然、アナナス侯爵は王太子や国王に抗議するはずだ。この件を政治に利用するだろう。

国王側としては、そんな事態は避けたい。

「アレン殿下に公式に謝罪をさせ、丸く収めるのが穏便でしょうが、そうなるとますます国王の権威は下がってしまいます。国王としては、それも避けたいでしょうね」

「そんな事態になる前に、アレン王子の妄言《もうげん》ではなく事実だった、やっぱり俺に非があった、という話に持っていきたい、ということですね。国王側は」

「そうです。ジョシュア殿は聡明な方ですね。それに勇気もおありになる」

イーヴァルは大げさに褒め、にこっ、とまた胡散臭い笑顔を浮かべた。

「以前、宮中でお見かけした時の印象とは違う。まるで別人のようですよ」

ぎくりとして、ジョシュアはイーヴァルを見返した。

「どういう意味です。俺は、ずっと俺ですよ」

「もちろん。ただの印象ですよ。興味深い方だと思っただけです。とにかく、あなたさえよければここにいてください。せめて今夜だけでも。もうハナも眠いようですし」

腕の中のハナが、いつの間にかウトウトしかけているのに気づいた。ハナはぴくっとフェネックの耳を震わせ、「へいきだよ」と眠い目を擦る。

考えてみれば、何日も王宮の奥で隠れていたのだ。幼い身体には酷だっただろう。今日はいろいろありすぎたし、早く休ませたほうがいい。

イーヴァルだって、ここまで親切にしてくれたのだ。いきなり手の平を返すようなことはしないだろう。

……そう思いたいのだが、美貌の伯爵の正体を知っているジョシュアは、気が気ではないのだった。

四人目の攻略キャラ、イーヴァル・マルメラーデは、実は人間ではない。

異国出身の商人にして宮廷魔術師顧問とは世を忍ぶ仮の姿、しかしてその正体は魔界から来た魔族であり、魔界を統《す》べる魔王なのである。

ゲーム内では、聖也が順調にイーヴァルとの恋愛関係を進めると、その正体を現す。

銀髪に金の瞳はそのままに、邪悪な角を生やし、ついでにコスチュームもエキゾチックに変わる。

年齢も三十二歳というのは偽りで、本当は一〇三二歳とか、どこぞのデーモンな閣下《かっか》みたいな設定になっていた。

魔族は、闇の魔術を操る。聖魔術を操る聖也とは相対する存在で、それゆえに聖也に執着し、彼を魔王の妃とするべく、このアプフェル王国に潜入したのだった。

またしても男の嫁。どこまで行っても男嫁である。BLゲームなので。

魔王なんだから、自分で潜入せずに部下を使えばいいじゃない……なんてことを思わなくもないが、そこはクソゲーなので仕方がない。

ゲームプレイ中は、攻略キャラの中で唯一「あ、ちょっと好みだな」なんて思っていたイーヴァルだが、ジョシュア・アナナスとは相性が悪かった。

ジョシュアの最大の敵といってもいい。

ハッピーエンド、バッドエンド、複数ある結末の中でも、イーヴァルが絡むシナリオでは、とりわけジョシュアが悲惨な末路を辿った。

イーヴァル攻略ルートしかり、現在の逆ハーレムルートは最たるものだ。

ゲームでは星誕祭直後、ジョシュアは聖也を亡き者にしようと王宮に忍び込み、カーバンクルと遭遇する。

プレイヤーがカーバンクルを救う選択肢を選んでいると、ジョシュアはカーバンクルに怪我をさせるだけで終わり、衛兵に見つかって逃げていく。

後から来た聖也が傷ついたカーバンクルを救い、それから数日後、イーヴァルが現れて魔獣を助けてくれたお礼を言い、正体を明かす。

魔王は魔界の魔獣と魔族を統べる王で、魔獣というのは皆、魔王の眷属《けんぞく》である。よって魔王は、自らの眷属を救ってくれた聖也に恩義を感じ、そこから一気に恋愛関係が進展するのだった。

その一方で、カーバンクルはジョシュアの犯行を魔王に伝え、ジョシュアは魔王の報復を受ける。ジョシュアは魔王の魔術によって、半死半生のアンデッドとなり、未来永劫苦しみ彷徨うのだった。

イーヴァルは、ジョシュアにとって鬼門だ。だから近づいてはならないと思っていた。

けれど、魔獣カーバンクルの味方でもある。星誕祭に引きずり出された時、咄嗟にイーヴァルを呼んだのは、魔王ならきっとカーバンクルのハナを助けてくれると考えたからだった。

結果的に、ジョシュアの読みは正しかった。イーヴァルはハナを保護した上、ジョシュアの窮地も救ってくれた。

恐らくイーヴァルは、ハナの正体に気づいているはずだ。なのに素知らぬふりをしているのが不気味だ。

(イーヴァルはジョシュアを疎《うと》ましく思ってたんだよな、ゲームでは)

ゲームのジョシュアは、攻略キャラ全員に媚を売っていて、そして全員に疎まれていた。こちらの世界でもイーヴァルとは特に接点はなく、互いに個人的な感情を抱く余地はなかったはずである。

それだけに、今日のイーヴァルの行動は謎だった。

「ジョシュア様とハナ様のお部屋はご一緒にさせていただきました。お着替えはクローゼットにご用意してあります」

イーヴァルとのお茶の席を辞した後、ジョシュアとハナは使用人に案内され、先ほど目覚めた部屋に戻ってきた。

さっきはよく見ていなかったが、ジョシュアたちのために用意された部屋は広く、寝室の他に間続きの居室があり、バストイレも完備されていた。

急に厄介になったというのに、整えられた部屋はあちこちに気遣いが溢れている。

ジョシュアは使用人に心からお礼を言った。

「ママ……起きてよかった」

使用人が去って二人きりになると、それまで元気にしていたハナが、ぎゅっと抱きついてきた。

「ずっとねんねしてたから、心配したの」

ジョシュアが気を失っている間、気が気ではなかっただろう。助けると言ったくせに、心配をかけてしまった。

全身でしがみついてくる小さな存在に、胸が切なくなった。

「心配かけてごめん。ハナは、一人でよく頑張ったな」

抱きしめると、小さな頭が腕の中でこくっとうなずいた。出会ったばかりのこの子が愛おしい。

仮親を名乗っておきながら、至らないことばかりだけど、ハナを護りたいと思う。

そのためにも、自分がしっかりしなくては。

「ハナも疲れたよな。今日はゆっくり休もう」

このままベッドへ運ぼうと、幼児を抱き上げ、ふと気づいた。よく見ると、あちこち汚れている。ボサボサの髪を手櫛で梳《す》くと、ぱらぱらと泥が落ちた。王宮の庭の隅でずっと野宿していたのだから、当然といえば当然だ。

「寝る前に、風呂に入ろう。お風呂って、わかるかな」

ジョシュアが顔を覗き込むと、ハナはぴくっと耳を震わせ、むっつりとした顔をした。

「ハナ、知ってる。お風呂って、あったかいお水でしょ」

カーバンクルでも風呂の存在を知っているらしい。

「そうそう。寝る前に、お風呂に入らないとな」

言うと、ハナはジョシュアの身体にびたっとしがみついた。

「お水に入るの、きらい。毛がびしょびしょになって、気持ち悪いから」

記憶喪失でも、以前の経験を少しは覚えているらしい。断片でも記憶があるのだ。そのうちすっかり思い出すかもしれない。希望が見えた気がした。

「お風呂、や」

耳と尻尾がぷるぷる震えていて、可哀想になる。しかし、獣人としてこの屋敷の中で生活する以上、泥だらけでは困る。

少し思案し、ジョシュアはハナを抱き上げた。

「ママも入るから、一緒に入ろう。お風呂の中で、プーちゃん作ってやるよ。クラゲのプーちゃんて、知ってるか」

「くら、げ？　知らない。プーちゃんて、なあに？」

我が家では、プーちゃんと呼んでいた。子供がお風呂でする遊びだ。浴槽にタオルを浮かべ、空気を含ませて作る、タオルクラゲのことである。

「んんー、それは内緒だな。お風呂に入ったら教えてやる」

「……う……じゃあ、おふろ入る」

ハナの中では、相当な葛藤があったようだ。難しい顔をして、ものすごい決意をするように、こくっとうなずいた。

そうして二人で風呂に入り、ジョシュアはタオルクラゲであやしつつ、ハナを洗った。

最初は水を怖がっていたハナだが、隅々まで石鹸《せっけん》で洗って綺麗になり、温かいお湯に一緒に浸かると気持ちよさそうにして、「ふいー」と、オヤジ臭いため息までついていた。

それでもやはり、疲れていたのだろう、風呂から上がり、寝巻を着せてベッドに入れると、ハナはすぐにウトウトし始めた。

「あのね、ハナ、ずっとあそこにいたの。おなかもぺこぺこでね、ねんねできなかったの。死んじゃうかと思った」

ハナは眠りに入る中、ぽつぽつとつぶやく。あそことは、いうまでもなく王宮の「春の庭」だ。

「ママ。ハナを見つけてくれて、ありがとう」

言うなり、すうっと眠りに落ちていく。その安らかな寝顔を見て、ジョシュアは胸が苦しくなった。

どうしてハナがあそこに迷い込んだのか、わからない。けれど幼い子供が一人、どれだけ心細かっただろう。

フラグをへし折るために赴いたが、自分があの時、あの場に行ってよかったと思った。ハナが無事でよかった。

すやすやと眠るハナが可愛くて、しばらく寝顔を眺めていた。自分も眠ろうとしたが、大人が寝るには早い時間だ。

どうにも目が冴《さ》えて眠れず、ジョシュアは寝室を出て、居室をウロウロした後、やることがなくて廊下に出た。

廊下の端にある階段の踊り場まで来たものの、それ以上はどこに行けばいいかわからない。何とはなしに階段に腰を下ろした。

一人になると、いろいろなことを考えてしまう。

これからどうすればいいのだろう。ハナの記憶のことは、ジョシュア一人では解決できない。イーヴァルの、魔王の助けが必要だ。

それから自分のこと。そもそも、元の世界に戻れるのだろうか。

（さっき、気を失ってた時に見た夢……）

本物のジョシュアがいた。あれがただの夢でないなら、彼の魂は今、自分の代わりに日本にいるのだろうか。

「ジョシュア殿？　気分でも悪いのですか」

膝《ひざ》を抱えてあれこれ考えていると、背後から声をかけられ飛び上がった。振り返ると、イーヴァルが立っていた。

先ほどのお茶の席ではジャケットを身に着けていた彼も、今は部屋着に着替えていた。シャツとズボンの上に、シルク地のナイトガウンを纏っている。ナイトガウンを着ている人なんて、リアルでは初めて見た。

「あ、こんなところで、すみません。ハナを寝かしたんですが、俺は眠れなくて」

イーヴァルに出くわすとは思わなくて、焦った。二人きりになるのが何となく怖い。

さりげなく部屋に戻ろうとしたが、「それなら」と、イーヴァルに引き止められてしまった。

「私の部屋で酒でも飲みましょう。星誕祭に参加できる年齢なら、お酒も飲めるでしょう。まだあなたと話したいこともありますから」

話したいことってなんだろう。魔王とサシ飲みなんて不安しかない。しかし、断れるような雰囲気ではなかった。

この男、口調も態度も丁寧で紳士的なのだが、有無を言わせぬ迫力があるのだ。

アンデッド化されたらどうしよう、などとビクビクしながらイーヴァルに続いた。

先ほどお茶を飲んだ部屋へ行き、今度はテーブルではなく、暖炉の前のアームチェアにジョシュアを座らせた。

こちらの部屋もジョシュアたちの客間と同様、シックで洗練されている。使用人が優秀なのか、居心地よく整えられているが、どうも全体的に生活感がなかった。

魔王にとってここは仮住まいだからだろうか。本拠地はもちろん、魔界にあるのだ。

魔界、といっても、異次元空間にあるのではなく、この世界の別の大陸、暗黒大陸と呼ばれる場所にあるようだった。そのあたりの設定はゲームでもモヤモヤッとしていて不明瞭だ。

そんなことを考えながら、イーヴァルが注いだ酒を飲んだ。

（魔王に酌《しゃく》をさせてしまった）

ブランデーだった。口に含むと舌がピリッとする。度数が高そうだが、香りが高くコクがあって、美味しい酒だった。

「今日は大変でしたね」

イーヴァルも向かいに座ってグラスを傾けながら、まずそんなふうに切り出した。

「はい。本当に伯爵がいてくださってよかった。おかげで助かりました」

ハナに出会う直前、イーヴァルと遭遇していなかったら、今頃どうなっていただろう。

「間がよかったのでしょう。お役に立ててよかった。さして面識のないあなたに名指しで呼ばれた時は、驚きましたが」

確かに、名前と顔が一致している、という程度の関係だ。そんな相手から突然、助けを求められて、怪訝に思うのは当然だろう。

「すみません、咄嗟の思い付きだったんです。あのレーズン野……オリバーたちに力ずくで連れていかれそうになって」

「なぜ私だったのか、うかがっても？　王宮には他にも、貴族院にゆかりのある方々がいらっしゃいましたが」

表情は穏やかだが、金色の目が鋭くなった気がした。これはもしや、尋問だろうか。

「それも、思い付きです。俺には本当の意味で味方と言える人が一人もいません。父も、俺を手駒の一つとしてしか見ていない。そんな俺が、獣人のハナを託しても、まともに扱ってもらえないでしょうね。でも、あなたは外国出身で、獣人を差別しないと思ったんです」

前半の言葉は本当だが、後半は方便である。ハナがカーバンクルで魔王の眷属だからと、ありのままを伝えるのは、もう少し様子を見てからだ。

「なるほど」

いかにも得心したように、イーヴァルはうなずいた。誠実そうに見えるが、正体を知っているジョシュアには胡散臭く思えてならなかった。

「ハナのため、というわけですか。あの子はどこで見つけたんです。最初に廊下でお会いした時には連れていなかったが」

痛いところを突かれ、う、と言葉に詰まった。どこまで話したものか考えて、少しだけ本当のことを話すことにする。

「王宮の奥、『春の庭』です。えっと、散歩をしていて迷い込んだ……ことにしてください。あ、別に、悪いことをしに行ったわけではありません……たぶん」

ジョシュアが苦しげに言い訳するのがおかしかったのか、イーヴァルはそこでクスッと笑い、「どうぞ続けて」と笑顔を向けた。

「それでその、草むらにうずくまっているあの子を見つけたんです。その時にはもう、記憶がなかったみたいで。名前もわからないというので、仮にハナと名付けました」

「名付けた。あなたが、ハナと」

その時、相手の笑顔がすうっと消えたので、ジョシュアはビビッた。何だろう。何か気に障ったのだろうか。

「すみません、適当な名前を付けたりして」

思わず縮こまって謝ると、イーヴァルはちょっと驚いた顔をした。

「いえいえ、私に謝ることではありません。可愛らしい名前だと思いますよ」

どうやら怒ってはいないようだ。ジョシュアは胸を撫でおろした。

「とにかく、『春の庭』……というのは王太子の居住区ですね。そこに記憶喪失のハナが迷い込んでいたと。不可解ですね」

「はい。あの子が言うには、気づいたらあそこにいたらしいんです。それで俺が見つけるまで、何日か隠れていたらしくて。それで、あの場に放っておけずに連れて帰ろうとしたんです。星誕祭はサボるつもりだったんですが……」

「王子の取り巻きたちが現れて、強引に連れていったと。なるほど、王子も困った方だ」

最後の言葉には、多分に皮肉が込められていた。

イーヴァルは国王の信任厚く、王のたっての願いで魔術師顧問になったくらいなので、宮廷では王党派と見られている。しかし、アレンに対してはあまり、よい印象を持っていない様子である。

「それで、ジョシュア殿はこれから、どうなさるおつもりですか」

唐突に質問を投げかけられ、ジョシュアはどきりとした。

「それは……」

言葉に詰まって、ジョシュアは唇を噛んだ。

階段の踊り場で声をかけられた時、ちょうど、そのことに悩んでいたのだ。どうすればいいのか、自分でもわからない。ハナを護る、なんて決意をしておいて、実際は無力で無策なのだ。

「……わかりません。どうすればいいのか。ただ、ハナのことだけはちゃんとしてやりたいんです。自分で手に負えないくせに、浅はかなのはわかってるんですが。イーヴァル様、厚かましいのは重々承知の上で、お願いします。ハナの両親を探していただけないでしょうか」

この通りです、と頭を下げた。真っすぐに金色の瞳を見据える。それは驚きに見開かれてから、こちらの真意を探るように細められた。

剣呑な気配がちらりと垣間見え、ジョシュアは背中に冷たいものが落ちるのを感じる。

「ハナのことをお願いできるのは、あなたしかいないんです。俺はたぶん、近いうちにアレン殿下から婚約を破棄されると思います。そうしたらアナナスの家にもいられなくなる。それはいいんですが、俺一人でハナの身元を捜索するのは難しい。でもあなたには力がある。イーヴァル様なら世界各地、うんと遠方にも伝手《つて》がおありでしょう」

イーヴァルは何も答えなかった。ただじっと、黙ってこちらを見つめている。

「お願いします。俺でできることなら何でもします。……あ、でも、殺されたりとか、生きたまま地獄の苦しみを与えられたりとかは、勘弁してほしいかなあ、なんて」

「そんなことしませんよ」

思わず、というようにイーヴァルが言った。そんな自分にハッとしたように口を押えてから、小さく笑う。

「失礼。何やら、あなたには廊下で出会った時から怯えられているようですが。あなたに酷いことをするつもりはありませんよ。……今のところは」

「……っ」

最後に物騒な言葉が加わったので、思わずビクッとする。そんなジョシュアを見て、イーヴァルは声を立てて笑った。

「あなたは、以前の印象とも、巷《ちまた》の噂とも違いますね。本当にまったく、別人のようだ」

今度はどうにか、動揺を抑えることができた。誤魔化すために火酒を飲む。すでに話しながらグラスの中身をあらかた飲み干していて、イーヴァルがそれに気づいて新しく注いでくれた。

「以前に何度かお見かけした時、オドオドしたいじめられっ子のようだと思った。だから噂は噂にすぎないのだと思っていたんです」

「ちなみにその噂っていうのは、どんなものなんでしょう」

何となくわかるが、一応聞いてみる。内容はやはり、ジョシュアが聖也に嫌がらせをしているとか、オリバーやラースに媚を売っている、他にも婚約者がいる身で不貞を働いているらしいとか、身に覚えのないものばかりだった。

というか、現実の世界のジョシュアはイーヴァルの言う通り、オドオドした引っ込み思案だったし、滅多に家から出してももらえなかった。下手に外出でもして、不名誉になることでもされたら困る、というのだ。

アレンとは婚約者という立場から、ごく儀礼的に互いの家の行き来があったが、それも聖也が現れてからは回数が減っていた。

籠《かご》の鳥のジョシュアはほとんど家から出ることもなく、よって、聖也に意地悪したり、不貞を働いたりする暇もなかったのだ。

「誰かが、意図的に流したのでしょうね。アレン殿下とあなたとの婚約を望んでいない者が」

身に覚えがない、と説明するジョシュアに、イーヴァルも断ずるように言った。

「はい。その噂を広めた人、あるいは人たちが、今日の星誕祭の騒ぎも画策したのだと思います。アレン殿下一人で、あんなに仰々《ぎょうぎょう》しい芝居を考えられるとは思いませんから」

「そうですね、あの王子が」

イーヴァルはそこでまた、ふふっと笑った。

「やはりあなたは、以前とは別人のようだ。まあいいでしょう。何があなたを変えたのかわかりませんが、そう、今回のバカ騒ぎは後を引くでしょう。あなたのお父上は今頃、情報を集めていて、明日にでも国王陛下に抗議に行くでしょうね」

そして国王側も、アレンの行動を正当化するために動いているはずだ。真実かどうかは、この際関係がない。当事者であるジョシュアは蚊帳《かや》の外で、貴族院派と王党派が政治の主導権を握るために火花を散らす。

そして恐らく、どちらに転んでもジョシュアにはろくなことがないに違いない。

「ですから、しばらくここで過ごされるといい。ハナのこともありますし、あの子はあなたと離れたがらないでしょう。騒ぎが収束するまで、私があなたの身柄を預かります。先ほどお願いされた、ハナの件も、承《うけたまわ》りましょう」

さらりと出された提案に、ジョシュアは驚いてぽかんと相手を見返した。

「というか、すでに陛下にはそのように親書を出しました。渦中のジョシュア・アナナス氏の身柄は、私が預かりますとね。私は外国人で、陛下に目をかけていただいているので王党派のように見られていますが、実際は中立派です。どちらの派閥にも属していない。そういうことで、周りにも納得していただくつもりです」

物言いは謙虚だが、納得してもらうのではなく、否が応でもさせる、といった口調だった。

ジョシュアはやはり、信じられない気持ちで相手を見る。

「どうして、そこまでしてくださるんですか。星誕祭のあの場を救っていただいた時も意外でしたが。俺とは何の接点もありませんし、助ける義理も利点もないのに」

「理由がないといけませんか？　助けを求められたから応じる、それだけでは」

「そんな……人だったんですか」

「意外ですか？」

「いや、でも」

聖也にだけ甘い、非情な魔王だったはずだ。ゲームでは。しかし、これはゲームではない。他のキャラクターの性格が違っていたように、彼も見かけ通りの紳士なのだろうか。

「窮地に陥っている自分より、迷子の子供のことばかり気にかけているあなたに、手を貸そうという気持ちになったんですよ。あとはそう、面白そうだったから、かな」

「……面白そう？」

「興味が湧いたんですよ、ジョシュア・アナナス殿。あなた自身に」

不意に声のトーンが低くなり、艶のある重低音にゾクリとした。金色の瞳が、甘く誘うようにこちらを見る。その視線を受けて、身体の奥に小さく火が灯《とも》るのをジョシュアは感じた。

腰が疼《うず》いて、ごくりと喉《のど》を鳴らしそうになり、慌てて頭を振る。

（いかん、いかん）

あんなにビビっていたのに、視線だけで蕩《とろ》けそうになってしまった。魔王、恐るべし。

「そ、それは、どうも。こ、光栄です」

ギクシャクしながら答えると、イーヴァルはクスクス楽しそうに笑う。からかっているのだ。

やっぱりこの男は魔王で、誠実紳士なんかではなかった。

「で……では、ハナともどもよろしくお願いします」

とはいえ、今後の身の振り方のわからないジョシュアにとって、彼の手を取る以外になかった。ハナのことがわかるまで、この男の厄介になるしかない。

何を考えているのかわからない男に、ジョシュアは頭を下げた。

「はい。自分の家だと思ってくつろいでください」

それは無理だと思うが、とにかくうなずいた。そろそろ逃げよう、と腰を浮かした時、ふらっとめまいがした。

グラスを落としかけて、慌てる。イーヴァルが素早く席を立ってグラスを取り上げてくれたので、事なきを得た。

「大丈夫ですか」

「すみません。酒が美味しくて、飲みすぎました。そろそろお暇します」

ありがとうございました、とお礼を言って席を立った。足がふらつく。元の身体の時はブランデー二杯くらいで酔うことはなかったのに、ジョシュアはかなり酒に弱いようだ。

「部屋まで送りましょう」

傍らでそれを見ていたイーヴァルが言うなり、ジョシュアの身体を掬《すく》い上げた。

「うわっ。あの、下ろしてください。自分で歩けますから」

相手の大胆な行動に驚いた。女子の憧れ、一部の男子も憧れる、お姫様抱っこをされるなんて。

「舌はよく回るようですが、足はふらついていますよ。また転んで頭を打ったら困るでしょう」

「う……」

痛いところを突かれ、ジョシュアは返す言葉がなかった。イーヴァルはジョシュアを抱いたまま部屋を出る。すぐ間近に男の美貌があって、どこを見ていればいいのかわからない。

じっと身を硬くしてうつむいていると、耳元で声がした。

「私を警戒してるんですか？　それとも照れている？」

「……っ、両方です」

クスクスとまた笑われた。どうもこの男、ジョシュアで遊んでいるように思える。

「先ほど言った、あなたに興味があるという話」

廊下を歩きながら、イーヴァルが口を開いた。

「あれは本当ですよ。私はあなたに嘘をつきません。本当のことをすべて口にしているわけでもないですが。それはあなたも同じでしょう」

ちらりと見上げると、金色の瞳が楽しげにこちらを見ていた。

「宮中での腹の探り合いは鬱陶《うっとう》しいものですが、何でもすぐ顔に出るあなたとの探り合いや駆け引きは、楽しいですよ」

「そ……んなに、顔に出てますか」

ポーカーフェイスではないが、そこまで露骨にはしていなかったつもりだ。しかしイーヴァルはに

っこり笑い、「ええ、かなり」と答えた。

「あなたといれば、退屈せずに済みそうだ。それにそう、あなたが何でもしてくれるそうですし」

声がまた、甘やかな重低音になった。

いつの間にか、ジョシュアの部屋の前を通り過ぎ、階段の踊り場に来ていた。

「私の部屋は、この階段を上がった二階にあるんです」

いたずらを思いついたような表情で、イーヴァルが言った。ジョシュアを窺い見る。

「さて、階段を上りますか。それともあなたの部屋に戻りますか？」

突然の二択。ジョシュアは頭の中で、ゲームのピロリン、という電子音を聞いたような気がした。


翌朝、ジョシュアが起きる頃には、イーヴァルはすでに出かけた後だった。

何でも、宮廷会議を開くとして、王宮から招集がかかったのだという。

昨日の星誕祭の件だろう。アナナス侯爵の貴族院派と王党派がそれぞれ動き出したのだ。イーヴァルは貴族院に属さず、本来なら王や重臣たちの会議に加わることはない。そんなイーヴァルが呼ばれたのは、ジョシュアの身柄を預かっているからだろう。

ジョシュアはにわかに不安を覚えたが、イーヴァルはジョシュアとハナに、何も心配せずに過ごすように、と伝言を残していた。ジョシュアが不安になるのがわかっていたのだろう。

（基本的には、紳士なんだよな）

昨晩のあれこれを思い出し、赤くなりながらも、ジョシュアはそんなことを思った。

イーヴァルにお姫様抱っこをされて階段の踊り場まで来た後、ベッドに誘われた。あれは、そういう意味だろう。

美貌の男に色っぽい声と眼差しで誘われて、正直ちょっと、いやかなり危なかった。あの美貌に抗《あらが》った自分を褒めてやりたい。

ジョシュアはあの場でテンパって、かなりへどもどしながらも、誘いを断った。魅力的な誘いだったが、まだイーヴァルを心から信用したわけではない。ジョシュアに興味があると言ったが、助けた理由はそれだけではないだろう。

うっかり色仕掛けに乗って、それがバッドエンドへの序章だったら……と考えたら、やはり魔王とは一定の距離を保つことが得策だと思った。

ジョシュアが断ると、イーヴァルは「残念です」と口では言いながら、それ以上は深追いせずにちゃんとジョシュアを部屋に送り届けてくれた。

立ち去る時におでこにキスをして、真っ赤になるジョシュアを見てまた笑っていたけれど、誘いを断ったことを引きずらず、さっぱりとしていい男だった。

(他の攻略キャラとは大違いだよな)

イーヴァルは今、主人公である聖也に対してどんな感情を向けているのだろう。ゲームのシナリオ通りなら、カーバンクルイベントが発生する以前の段階ですでに、それなりの好意が芽生えていたはずだ。

聖也を気に入っているのなら、ジョシュアは目障りではないだろうか。

ハナを保護して以降、現実はシナリオから大きく外れている上、もともとキャラクターたちの性格もゲームとは異なるので、どうにも判断がつかない。

シナリオを知っている、というアドバンテージはなくなってしまった。今後、たとえばハナが無事に親元に帰り、王宮での派閥争いも一段落したとして、イーヴァルの保護を解かれたジョシュアは、どうすればいいのだろう。

「街で、何かして働くかなあ」

上手くいけばジョシュアは死ぬことなく、五体満足で侯爵家を追放される。

市井で平民として暮らすことになり、世間知らずのジョシュアは困窮を極める羽目になるのだが、こちとら生まれた時から平民である。

日本とはかなり勝手が違うとはいえ、それなりに仕事をして、生きていけるのではないだろうか。

「街？　人がいっぱいいるところのこと？」

午後、イーヴァルの屋敷の庭で遊んだ後、木陰で一休みしていると、ジョシュアの独り言を聞きつけたハナが、不思議そうに聞き返してきた。

昨日は記憶のこともあり、ちょっと元気がなかったハナだが、今日は明るくて食欲もあるので、ホッとしている。

それでも、小さな身体で不安なことに変わりはない。できるだけ楽しくしていようと、朝から二人で遊び回っているのだった。

「ハナは街って言葉を知ってるんだな。そう、人がいっぱいいるところで、お店屋さんでもしようかな」

「おみせ？」

「街にはいろんなお店があるぞ。ジョシュアもあまり、行ったことはないみたいだけど。お花を売る店、食事をする店、甘い物がいっぱい売ってるお菓子屋さんもある」

「お菓子やさん！」

お菓子と聞いた途端、ハナはきらっと目を輝かせた。

「ハナはお菓子好きだよな。一緒にお菓子屋さんをやろうか。いっぱいお菓子を置くんだ」

「する！　ハナ、お菓子やさん！」

店が何かもよくわかっていないようだが、ハナは潑剌《はつらつ》と答えた。可愛いハナとお店を開く。そんな未来もいいかもなあ、などと、あらぬ妄想をする。

「そうすると、ハナもずっと今の姿でいないといけない。大丈夫か？　元の姿のほうが楽じゃないか」

ハナには、人前で元の姿に戻らないように言ってある。使用人たちはハナのことを獣人だと思っているし、イーヴァルは気づいているかもしれないが、こちらがしらばっくれている以上、安易に正体を見せるわけにはいかない。

変身自体はハナも苦にならないようで、まだ一度も元の姿に戻ったことはなかった。それでも、無理を強いていないか心配が残る。それで先のような質問をしたのだが、

「へーきだよ！　ハナ、甘いのいっぱい食べてるもん」

ケロッとした顔で言うので、安心した。

その後、お店とは何か、という突っ込んだ質問をされたため、午後は夕食の時間まで、部屋でお店屋さんごっこをして遊んだ。

その日、イーヴァルは夕食の時間を過ぎても帰ってこなかった。

何かよくないことがあったのだろうかと、ジョシュアは気を揉《も》んだが、使用人から「何かあれば連絡がありますよ」と優しく言われたので、余計なことを考えず、ハナと寝ることにした。

イーヴァルはジョシュアたちが寝た後、夜遅くに帰ってきたらしい。

ジョシュアは気づかずぐっすり眠り、次の日の朝、お腹が空いたとハナに叩《たた》き起こされた。

顔を洗って着替え、食堂に行くと、すでにイーヴァルがいて優雅にお茶を飲んでいた。

涼しい顔をして「おはようございます、よく眠れましたか」と挨拶《あいさつ》をする男は、蠱惑的《こわくてき》な声でジョシュアをベッドに誘ったことなど、おくびにも出さない。

一方、ジョシュアはドキドキする胸を押さえつつ、テーブルに着いた。昨日からハナのために子供用の椅子を用意してもらっていて、ハナは自分で椅子によじ登っていた。

「おじちゃん、あのね、きのうはママと遊んだの」

ハナは、自分たちの窮地を救ってくれたイーヴァルに、すっかり懐いている。いや、甘い物をたくさんくれるからだろうか。

昨日一日イーヴァルに会えなかったこともあって、はしゃいだように話しかけていた。出張から帰ったお父さんに懐く子供のようで、なんだか微笑ましい。

ジョシュアは昨日の招集のことが気にかかったが、ハナが楽しそうにしているので、今は口にしないでおいた。

「それでね、クラゲのプーちゃんはお風呂からあがると、しゅん、てしちゃうの。ベッドに持っていけないんだよ。せっかくお友だちになったのに」

「今、ハナの手にあるのは、プーちゃんとやらじゃないのかい？」

イーヴァルは、ハナが大事そうに抱えている布の塊《かたまり》を見て、首を傾げる。

「ちがうよ。これはね、ハナのおとーと」

ハナはよくぞ聞いてくれたとばかりに得意げな顔になり、ちらっちらっとイーヴァルに弟を見せた。

弟は昨日、ジョシュアが即席で作ってやった手袋の人形だ。

ハナはお風呂で作るタオルクラゲのプーちゃんがすっかりお気に入りになったが、湯船から上げると潰《つぶ》れてしまうので、そのたびにしょんぼりしていた。

小さな子供には、何かぬいぐるみや人形があったほうが安心できるかもしれない。いつもは気丈で元気に過ごすハナが、ふとした拍子に耳や尻尾を垂らすのを見て、何とかしてやりたいとも思っていた。

何かないかと考えて思いついたのが、子供の頃、祖母に作ってもらった手袋の人形である。

メイドさんにお願いして、古くなった作業用の布手袋をもらった。一方を裏返して丸めて頭部を作り、もう一つの指を紐《ひも》代わりにして頭を括る。ついでに頭部のほうも指を二本、引き出して長い耳にした。

「ほら、お耳がハナとお揃いだろ」

耳を振ってみせると、ハナはたちまち笑顔になった。

「ほんとだ！　小さいね。赤ちゃんなの？」

「ああ。ハナの弟だ」

適当に答えたのだが、それから手袋人形はハナの弟になった。以来、片時も離さない。

食事の時は置きなさい、と言っているのだが、気づくと脇に抱えていて、たまに自分のご飯を食べさせようとするので油断できない。

今も、パンをちぎって顔の部分にねじ込もうとするから、慌てて止めた。

「弟は赤ちゃんだから、ハナのご飯は食べないって言っただろ。後で弟のご飯作ってやるから」

「ほんと？　あのね、おとーとは卵焼きとね、サンドイッチ食べたいって」

「はいはい、約束する。だから今は、ハナがご飯を食べよう。あ、ご飯て言っても布で作ったやつなんですけど」

二人のやり取りに、イーヴァルが興味深げな顔をするので説明する。端切れの布を折ったり巻いたりしてご飯に見立てたのだ。これも祖母から教わった簡単なままごと遊びだった。

「あとね、きのうはね、お菓子屋さんごっこしたの。ママとハナ、街でお菓子屋さんするからね、れんしゅう」

ジョシュアが昨日、何とはなしに言ったのを、覚えていたらしい。ほう、とイーヴァルが目を細めた。

「ジョシュア殿は子供の遊びに詳しいのですね。しかし、ずっと家の中にいては二人とも退屈でしょう。どうです、今日は街に買い物に出かけませんか」

思いがけない提案に、ジョシュアは驚いた。ハナもキョトンとしている。

「かいもの？」

「そう。街に出かけて、おもちゃやお菓子を買うんだよ。二人とも身一つでここに来たのですから、服や身の回りのものも必要でしょう。服は仕立屋を呼んでもいいのですが、気分転換に街に出るのもいいかと思いましてね」

「それはとても嬉しいご提案ですが……」

ジョシュアとハナが出歩いても大丈夫だろうか。昨日の招集は何だったのだろう。

こちらのそうした不安に気づいたのか、イーヴァルは「大丈夫ですよ」と優しい笑みを浮かべた。

「昨日の招集は、大したことではありませんでした。予想通り、あなたのお父上が抗議をし、アレン王子側があなたの素行の悪さを挙げて正当化しようとした」

アナナス侯爵側は、アレンと聖也たちの素行こそ、噂の的だと反論し、宮廷会議は紛糾《ふんきゅう》した。

絶対にアレンに謝罪をさせたいアナナス侯爵と、ジョシュアと婚約を破棄して聖也を王太子妃にしたいアレン側は、互いに一歩も譲らず、星誕祭の件は落としどころが見つからなかった。

「あなたは中立派である私が預かり監督することで、双方に納得していただきました。今後、両者が自分たちの主張を通そうと画策するでしょうが、私が預かると言った以上、あなたの身の安全は保障します。ハナもあなたも、必ず私が護りますから、安心なさい」

真面目な顔でそう言われて、ジョシュアは胸が詰まった。

彼が何を考えているのかわからないが、でもこの言葉は本当だと思える。イーヴァルは、ジョシュアに嘘をつかないとも言っていた。話さないこともあるが、少なくともジョシュアを甘言で騙《だま》すことはしない。

ここは、彼を信じようと思った。寄《よ》る辺《べ》ないこの世界で、何も持たない無力な自分が誰かを信じるのは、すごく勇気がいることだ。

でも、ずっと何にも頼らず、疑い続けて生きるのは辛い。そろそろ無力である自分に向き直り、信じられる相手を見極める、その覚悟を持つべきだ。

「ありがとうございます、イーヴァル様」

真っすぐに相手を見返して言う。ジョシュアの決意が伝わったのか、イーヴァルも「はい」とにっこりした。

「預かって監督するとは言いましたが、囚人ではありません。私が同伴するのですから、買い物くらいはいいでしょう。必要なものを買って、昼は外食もいいですね」

宮廷での憂《うれ》いを除けば、イーヴァルの誘いはとても魅力的だった。こちらの世界に来て、初めて街に出かけるのだ。本物のジョシュアでさえ、街に出たのは数えるほどだったから、楽しみでならない。

ハナも興味が湧いたのか、耳と尻尾をぴくぴくさせていた。

三人は朝食を終えると、身支度をしてさっそく街に出かけた。

馬車に揺られての道中、ハナは外の景色が珍しいようで、窓にへばりついて「あれなあに？」「あれは？」としきりに尋ねた。

とはいえ、実はジョシュアにとっても家の外は物珍しい。ゲームではイベントなどでたびたび街に繰り出していたが、決まった背景だけで、詳細がどうなっているのかはわからなかった。

結果として、ハナと一緒になって窓にへばりつき、イーヴァルに「あれは何ですか」「あの建物は？」と尋ねることになった。

「すみません、おのぼりさんで」

イーヴァルは二人の質問に律儀に答えてくれていたが、ジョシュアは途中で我に返った。

「いいえ。可愛らしいですよ」

「かわ……」

艶っぽい声で言われて、ドキッとした。イーヴァルはジョシュアの反応を楽しむように、窓枠に軽く肘《ひじ》をつき、意味深に微笑む。

「ええ、可愛いですよ。子供みたいにはしゃいでいる姿も、たまに私を意識して、まごまごしている姿も」

「まごまごなんか、してませんけど。あなたは、紳士に見せかけて意地悪ですよね」

「何と心外な。私は優しい男ですよ。気に入った相手にはね」

いちいち意味深だ。そしてからかわれていると知りながら、ドキドキしてしまう自分が悔しい。

（だっていい男なんだもん）

ジョシュアは自分に言い訳した。お金持ちで美形で優しい紳士で、でもたまに意地悪な男。そういう男にちょっかいを出されて、しれっとしていられるほど経験値は高くない。

「おじちゃん、ママにいじわるしたら、ダメだよ」

それまで窓に張りついていたハナが、突然、くるっと振り返ったかと思うと、毅然《きぜん》とした態度で言い放った。

「ママをいじめるひとは、ハナがめっ、てするんだから」

大人の会話を切れ切れに聞いていたのだろう。ふすっ、と勢いよく鼻息を漏らすその姿に、胸がキュンとした。

「ハナ～。俺を護ってくれるのか。ありがとうな」

思わず抱きついて、ぐりぐりと頭を撫でてしまう。ぷくぷくのほっぺにキスをすると、うふふっとくすぐったそうに首をすくめた。

イーヴァルも冗談めかして、降参、というように両手を上げる。

「わかってる。意地悪なんてしないよ。ハナのママを大事にする」

ならばよろしい、というように、ハナは真面目ぶってうなずいた。

そうこうしているうちに馬車は街に着き、一行はまず子供服を扱う用品店に入った。

街の通りは広く、馬車が数台すれ違うことができるほどの道幅だ。人も馬車もひっきりなしに行き来していたけれど、ジョシュアたちが乗っていた馬車より立派な乗り物はなかった。

イーヴァルの案内してくれたところによると、この辺りは中流から低所得者層まで、幅広く庶民の集まる界隈《かいわい》だそうだ。もう少し南に行けば歓楽街があるという。

行き交う人たちの服装は、現代日本にも似たラフでシンプルなものが多い。この世界では、貴族や富裕層は機能よりデザイン重視の華美な服を身に着ける傾向にあるので、今のジョシュアにはこの界隈の空気が肌に合った。

「庶民向けの店ですみません。獣人向けの既製品は、庶民向けのものしかないんですよ」

物珍しげに周りを見回すジョシュアに、イーヴァルがどこか申し訳なさそうに言った。

「いいえ、充分です。華美な服より動きやすいもののほうがありがたいですから」

獣人向けの洋品店には靴や帽子などの小物も揃っていたので、ついで帽子も見繕ってもらった。ハナの額の宝石を隠すためだ。

今は髪で隠しているが、風が吹いたり激しく動いたりすると、ちらちらと見えてしまう。カーバンクルが人型になることは世間的には知られていないようだが、誰か知っている人がいるかもしれない。

いくつか帽子を出してもらい、広いつば付きの帽子と、ニットキャップを選ぶ。どちらも耳が出るようになっている。

幸い、ハナも帽子が気に入ったようで、つば付き帽子を被って熱心に鏡を覗き込んでいた。

買ったばかりのシャツと七分丈ズボンに着替え、つば付き帽子を被ったまま店を出る。幼稚園の制服みたいで可愛い。

ジョシュアがハナの帽子を熱心に選ぶのに、イーヴァルはなぜ、とは聞かなかった。ただ一度だけ、ハナが試着するのを一緒に覗いて、

「ああ、いいですね。額の宝石も隠れるし」

と言った。ジョシュアがハッとしてイーヴァルを見返すと、彼はにっこり笑った。ジョシュアも反射的ににっこり笑い、互いに何も言わずに終わった。

ハナの身の回りのものが揃うと、今度は店を移ってジョシュアのためのものを買った。服や小物、生活用品などを一通り揃え終える頃には、ジョシュアもハナも疲れてしまい、イーヴァルの提案で休憩がてら、近くのカフェレストランで昼食を食べることにした。

カフェレストランも現代日本のそれによく似ていて、メニューも馴染みのあるものだった。しかも味もなかなかだ。

「美味《うま》い。お店の人も気さくだし、いい店ですね」

ハンバーグドリアを食べながら、ジョシュアは感想を漏らした。店内には獣人の客もちらほらいて、家族連れも多い。ハナを連れていても気兼ねがない。最初におしぼりとお冷が出てくるところも、今は妙に嬉しかった。

ジョシュアが心から喜んでいるのがわかったのだろう。イーヴァルも目を細めた。

「喜んでいただけて、私も嬉しいです」

「ハナも好き。パンケーキ、ふわふわ」

ほっこり満足そうに言うハナは、生クリームとチョコレートシロップがたっぷりかかったパンケーキを食べている。飲み物は、これまた生クリームたっぷりのアイスココアだ。胸やけしそうだが、本人は嬉しそうだった。

「さて、午後はどこへ行きましょうか。この区画に高級な店はありませんが、大抵のものは揃いますよ」

どうしようか、とジョシュアはハナを見る。すでに身の回りのものは、もう充分すぎるほど買ってもらった。これ以上、必要なものはないように思う。

「どうせですから、もう少し街を回ってみませんか。ただ歩いて回るのも、時に楽しいものです」

確かにその通りだ。ジョシュアにとっても街は珍しくて、もう少し見て回りたい。

カフェレストランを出ると、腹ごなしがてら通りをぶらぶら歩き、途中で見つけたおもちゃ屋でハナが遊べるおもちゃや、ぬいぐるみを買った。

「あなたは何か、欲しいものはないですか」

「いえ俺は、もう……」

充分だと言いかけて、ふと、通りの景色に見覚えがあるのに気がついた。

どこでだっけ、とぐるりと辺りを見回して、思い出す。そう、ゲームの背景とこの界隈の景色が一致するのだ。

聖也が街に繰り出すイベントが、何かあった気がする。

(何だっけ。そう、逆ハールートで、アレンたちとお忍びでデートするんだ)

思い出して、ジョシュアはイーヴァルを振り返った。

「すみません、この辺りに、『魔道具屋』っていう店があるはずなんです。そこに行ってみてもいいでしょうか」

魔道具屋と聞いて、イーヴァルは意外そうな顔をしたが、いいでしょうと快く案内してくれた。

「ちょっと、探しているものがあって。売っているかどうかはわからないんですが」

この街並みを見て、イベントがあったのを思い出したのだ。

基本のシナリオには関係ない、けれどイーヴァルに関わるイベントだ。

聖也はカーバンクルを味方に付けてイーヴァルを射止めるが、ここではエッチをせずに終わる。その後、アレンたちに誘われて街に繰り出すのだが、その際、魔道具屋でとあるアイテムを買っておくと、イーヴァルとのラブラブエッチイベントが発生するのである。

ちなみに、魔道具屋を素通りしたり、間違ったアイテムを買ってしまったりすると、ラブラブエッチは発生しない。エンディングで5Pエッチに突入し、イーヴァルとは乱交しかできないのである。

このラブラブエッチなスチルを得るために、何度も魔道具屋のシーンをやり直し、アイテムを買い直した。どうりで街並みにも見覚えがあるはずだ。

ゲームのシナリオと現実は今、すでに大きく乖離《かいり》しているが、聖也とイーヴァルがセックスするようなフラグはへし折っておきたかった。

イーヴァルのことは信じると決めたけれど、憂いは排除しておきたい。時系列的に、聖也たちが街に出かけるまでに、まだ数日あるはずだった。アイテムは一点物だから、彼が来る前にジョシュアが買ってしまえばいい。

「魔道具屋といっても、生活用品を売っている店とは違いますよ」

イーヴァルが案内しながら、そう忠告した。

「ええ、わかっています」

彼の言いたいことはわかる。

魔道具とは、魔素をエネルギーとして稼働する道具の総称だ。家の明かりも風呂の湯沸かし器も魔道具の一種なのだ。

しかし、これから向かう先にある「魔道具屋」には、そうした一般の生活道具は売っていない。

特定の魔術が込められたアクセサリーとか、魔術師が魔術を使うための道具だとか、どちらかといえばオカルティックな道具を扱う店のはずだ。

店は表通りから、一本細い路地に入った場所にあった。先ほど入ったカフェレストランやおもちゃ屋と比べると、かなり古めかしく胡散臭い店構えである。

入り口のドアには恐らく作り物だろうが、手の平ほどの小さな髑髏《どくろ》が「営業中」のプレートを咥《くわ》えていて、ハナはそれを見るなり泣き出してしまった。

「や……あれ、やだぁ」

耳が後ろにぺったり寝てしまい、尻尾も垂れている。ぶるぶる震えてドアに近づこうとしないので、店に入れず困ってしまった。

「ハナは私が見ていましょう。ジョシュア一人で買い物できますか？」

その時、イーヴァルが言ってハナを抱き上げた。

「すみません。少しの間だけ、お願いしてもいいですか」

どうしてもフラグは折っておきたい。ジョシュアが答えると、イーヴァルにしがみつき、髑髏を見ないように震えていたハナが、ようやく顔を上げた。

「ハナね、あっちで待ってる」

目に涙を溜めながら指さした方角を見ると、魔道具屋の斜め向かいに、色鮮やかなお菓子を売る店があった。駄菓子屋だ。怖くて震えてたくせに、ちゃっかりしている。

大人二人は顔を見合わせ、クスッと笑った。

「では、ハナとあの店で買い物をしていましょう」

駄菓子屋で合流することにして、イーヴァルから店ごと買えそうな小遣いを渡され、ジョシュアは一人で魔道具屋に入った。

店は思った以上に狭《せま》かった。埃《ほこり》っぽく黴《かび》臭い壁には天井まで届く棚が並び、そこにびっしりとわけのわからない道具が並んでいる。

「いらっしゃい」

奥のカウンターから面倒臭そうな声を上げたのは、ヒゲ面にずんぐりとした身体の男だった。

確か、ドワーフとかいう種族だ。ゲームに出てくる魔道具屋の主人そっくりで、やはりここがそうなのだと確信する。

しかし、ゲームでは面倒臭そうにアイテム一覧画面を見せてくれた店主が、今は一声かけただけでそっぽを向いてしまった。

自分で該当アイテムを探そうと棚を見回したが、棚にみっちり並んだ道具から探し出すのは骨が折れる。イーヴァルたちも待たせているので、店主に直接聞いてみることにした。

「あの、この店に『祝福する猫の像』って置いてますかね」

店主はちょっと考える仕草をしてから、「そこの棚の真ん中」とぶっきらぼうに言った。

ゲームのアイテムは、こちらの世界にも存在していた。ジョシュアは、「そこ」と顎で示された辺りを探してみる。真ん中にはなくて、棚の下の辺りに、他の道具の奥に押し込めるようにして置かれていた。

白い猫の像。おかしみのある顔をして、肩手を手招きするように上げている。

（やっぱり、どう見ても招き猫だよな）

ゲーム開発者のジョークだったのか、キーアイテムは日本の招き猫の形をしていた。今こうして見ると、懐かしさを感じる。

「これ、ください」

不意に込み上げる郷愁を振り払い、ジョシュアは値札にあった代金を支払った。ハナがさっきおもちゃ屋で買った、ぬいぐるみくらいの値段だった。

実はかなりすごい力を秘めているアイテムなのだが、店主には認識されていないらしい。

「まいど」

招き猫をドワーフの座る番台の上に置き、素っ気なく渡された釣銭を数えていると、店のドアが開いて新たな客がやってきた。

狭い店内に、ドヤドヤと騒がしい若者が四人ばかり。ジョシュアは振り返り、彼らの姿を見て息を呑んだ。

聖也と、三人の攻略キャラたちだった。お忍びデートは数日先のはずだったのに。

身を隠そうとしたが、あいにくと店が狭すぎて隠れる場所がない。そうしているうちにアレンがジョシュアに気づき、眉をひそめた。

「どうしてお前がここにいる」

「あなたこそ」

また何か、喧嘩を売るつもりじゃねえだろうな、とジョシュアが睨むと、アレンはぐっと怯んでそっぽを向いた。

「聖也、出よう。嫌な顔を見て気分が悪くなった」

こっちだって会いたくなかった。オリバーとラースがついでに睨んでくるのが鬱陶しい。

三人は踵を返そうとしたが、聖也は「えーっ」と不満そうな声を上げた。

「何でも買ってくれるって言ったじゃん」

「ここじゃなくてもいいだろう？　こんな下賤《げせん》な店ではなく、もっとお前にふさわしい店に行こう。服でも宝石でも、欲しいものを好きなだけ買ってやるから」

下賤な店と言われて、ドワーフが「けっ」と小さく悪態をついた。ジョシュアはおいおい、とツッコミたくなる。

服や宝石を好きなだけなんて、豪快なセリフだが、その原資は税金である。ジョシュアはこの世界でまだ、一円も税金を納めたことはないけれど、元サラリーマンとしては「ふざけんなよ」と思ってしまう。

とはいえ、ここで喧嘩を売るほど馬鹿ではない。さっさとずらかろう、と釣銭をしまい、番台の上の招き猫をそそくさと手に取った。

その様子を目ざとく見ていた聖也が、「あ」と声を上げた。

「僕、あれが欲しいなあ」

あれ、というのは、ジョシュアが持っていた招き猫だ。意地の悪い目をして、本当に招き猫が欲しいわけではないのだろう。ジョシュアへの嫌がらせと、アレンたちを翻弄《ほんろう》しているのだ。

「え？　だがあれは」

聖也の欲しいものがジョシュアの手の中にあるのを見て、アレンは困惑した声を上げた。

「買ってくれないの？　アレン」

黒く濡れた目で聖也がアレンを見る。アレンはごくっと喉を鳴らしてから、それを取り繕うように気取って肩をすくめた。

「やれやれ、わがままな子猫だな」

それから店主に向き直り、偉そうに言い放った。

「店主、その招き猫をもらおうか。金ならいくらでも払う」

「その像はもう、このお方に売っちまったから俺は関係ねえ。あとは持ち主と交渉してくだせえ」

ドワーフはしれっと応える。関わり合いたくない、という店主の態度を恨めしく思ったが、確かにこれはもうジョシュアのものだから、店の対応としては正しいのだろう。

アレンは一瞬怯んだものの、今度はジョシュアに向き直って、さらに偉そうに反り返った。

「ジョシュア、その像を渡せ。素直に渡せば先日の無礼を許してやる」

無礼なんかしたっけ、と思い返して、星誕祭の件だと理解する。あくまで自分に非はないと言いきりたいらしい。

「無礼なんて働いた覚えはありませんね。これは俺が欲しくて買ったものなので、後から来て偉そうに渡せと言われても渡せないです」

「ずいぶんと生意気になったものだな、ジョシュア。この私が命令しているのだぞ」

頬をひくりと震わせて、アレンはそれでも抑えた声で言った。強く言えば、以前のジョシュアなら何でも、たとえ意に染まぬことでも言うことを聞いた。

だがもう、自分は以前のジョシュアとは別人だし、ここは宮殿じゃない。

「この私って、どの私ですか。さっきから馴れ馴れしく人の名前を呼んでるが、どちらさまですかね」

「な……んだと」

「アレンとか呼ばれてましたっけ。俺の知っている同名の方は、下町に愛人を連れてうろつくような身分ではなかったはずですが」

彼らはお忍びデートだ。こんなところで揉め事を起こすわけにはいかないのでは、ということを暗に含ませて言うと、アレンはぐっと言葉に詰まった。

言葉を探しあぐねて口を開いたり閉じたりする。するとそれまで黙ってアレンの後ろに付いていたラースが、キッとジョシュアを睨んで声を上げた。

「愛人とは、聖也様のことか？　何と無礼な。王国の守護者を愚弄《ぐろう》するつもりか」

こんなところで、声高に聖也の身分を明かしてしまった。「聖人」なんて宮廷でも特に扱いが難しい要人なのに、王太子の愛人だと市井に伝わったらどうするつもりなのだろう。

ラースは未来の宰相と噂される頭脳派のはずだが、こいつもアホだな、とジョシュアは断定する。

「二度は言わんぞ、ジョシュア。これで最後だ。その像を渡せ」

ラースの加勢に気を強くしたのか、アレンが再び攻勢に出る。ついでに脳筋オリバーまでもが「貴様、これ以上の無礼は許さんぞ」などと言い出し、三人がかりでやいのやいのと言い募るので、ジョシュアも苛立ってしまった。

「ジョシュア・アナナス、早くその像を渡せ」

「二度と言わないんじゃなかったのかよ、この早漏」

自分では冷静なつもりだったが、頭に血が上っていたのだと思う。「早漏」という言葉にビクッと身体を揺らしたアレンを見て、さらに苛立ちが込み上げてきた。

「ベッドでは毎回、三擦り半でイっちまうくせに、外ではやけに強気じゃないか」

ゲームの中のエッチシーンを思い出したのだ。アレンとのセックスシーンでは、いつもアレンが先に達してしまう。ネットの攻略サイトを漁っていた時、プレイヤーに「早漏王子」と呼ばれていたのを見てしまった。

しかし本来、ジョシュアがこんな下の事情を知っているはずがない。

聖也が「ふーん」と面白くなさそうにアレンを横目で睨んだ。

「婚約者とは何もないって言ってたけど、嘘だったんだ。へーえ」

「ち、違う。いや、それは嘘じゃない。こいつとは形だけの婚約で、本当に何もないんだ。貴様、いい加減なことを」

「いい加減なことかな。なあ、ラース、オリバー。あんたたちなら知ってるだろ。お互いの下半身の事情を」

彼らはつい先日、聖也と4Pエッチに興じたばかりのはずだ。もちろん、これは四人の秘密だろう。婚約者のいる王太子とその側近たちが、「聖人」と乱交してましたなんて、誰にも言えるはずがない。

確信を込めてラースとオリバーを見回すと、二人は驚愕《きょうがく》に目を見開いた。

「ラース。お前、顔に似合わず巨根らしいけど、包茎なら皮の中はちゃんと洗っとけよ」

「な、なっ」

ラースの顔がみるみる真っ赤になった。これもゲームの情報だが、こちらの世界でもラースは包茎巨根だったらしい。

どうして、という表情でラースがジョシュアを見る。それからその目が、何か思いついたように聖也を見た。聖也はラースの視線の意味に気づき、慌てふためく。

「ぼ、僕は何も言ってないよ！　こいつにそんな……個人的なこと、話すわけないじゃん！」

「しかし、ならばなぜ……」

聖也の慌てぶりに、ラースはいっそう猜疑《さいぎ》を深めたようだった。

頭に血が上って下品な意趣返しをしただけなのだが、勝手に仲間割れを始めた。この隙《すき》に店を出ようと思ったのに、オリバーが目の前に立ち塞がった。

体格の差を嵩《かさ》にかかって、威圧的に睨み下ろす脳筋野郎に腹が立つ。ジョシュアはことさら愛想よく笑って見せた。

「やあ。今日はレーズンを食べてないのか？　短小オリバー」

笑顔のままの攻撃にオリバーは一瞬、固まって、それからサッと顔を赤くした。

「……何だと。もう一度言ってみろ」

「え、いいの？　もう一度言っていいの？　へえ、短小なのを気にしてなくて偉いな、オリバー。身体は大きいのにナニは親指と同じなんて、俺だったら気にしちゃうけどな。どれだけ身体を鍛えても、あそこは成長しな……いっ」

言葉の途中でオリバーの拳が飛んできて、ジョシュアは慌てて身をのけぞらせた。間一髪でかわせたが、店が狭いので棚にぶつかった。陳列されていた魔道具がバラバラと頭上に落ちてくる。

「おい、喧嘩ならよそでやってくれ」

店主がたまりかねたように言う。

「貴様、許さん」

腰の剣をすらりと抜く。狭い店内で振り回すには不向きな長剣は、抜刀した拍子にガッッと剣先が棚に当たったが、それさえも気づかないほど、オリバーはすっかり頭に血が上っているようだった。

これにはさすがに、ジョシュアも青ざめた。ちょっとした意趣返しのつもりだったのに、また言いすぎてしまった。

「お、おい。それはさすがに」

アレンも及び腰で声をかけたが、オリバーの耳には入っていない。聖也はアレンを盾にするように、ささっと彼の後ろに逃げ込んでいた。オリバーは爆発寸前で、今にも斬りかかってきそうだ。

入り口のドアは、オリバーの背後にある。どうしようか、と退路を探した時、その入り口のドアが勢いよく開いた。

「ママーッ」

「ジョシュア」

ハナと、それを抱えたイーヴァルだった。味方の登場に、ジョシュアはホッと身体を弛緩させた。

「まったく、無茶をして」

帰りの馬車の中で、珍しくイーヴァルが苦い顔をした。

「多勢に無勢だというのに、相手を挑発してどうするんです」

ジョシュアは返す言葉がなくて、「すみません」とうなだれた。横からハナが頭を撫でてくれる。

「ママ、いーこいーこ」

「ハナあ」

わっとハナに抱きついて、イーヴァルは呆れたように嘆息した。

星誕祭の時と同様に、魔道具屋の騒ぎはイーヴァルの登場で収まった。

――いったい、何の騒ぎです。

静かな、しかし誰も抗えない冷たい声音が言い、抜刀していたオリバーもそこでようやく我に返ったようだった。

――こんなところで騒ぎを起こせば、あなた方全員、ただでは済みませんよ。

アレンたちはほうほうのていで去っていき、ジョシュアは寸でのところで事なきを得た。

招き猫も無事に手に入り、馬車に乗って帰路についたのだが、魔道具屋での詳細を打ち明けると、イーヴァルは苦い顔をしたのだった。

「本当にすみませんでした。それにありがとうございます。王子たちにワーワー言われて、俺も頭に血が上ってたみたいです」

己の短慮を思い返し、ジョシュアも反省した。居住まいを正してイーヴァルに頭を下げる。彼が助けに来てくれなかったら、どうなっていたか。

「お礼ならハナに言ってください。この子があなたの危機を察知したんですよ」

「ハナが？」

あの時、ハナとイーヴァルは駄菓子屋の中にいた。アレンたちが魔道具屋に入ったのも知らなかったが、ハナが突然、「ママがあぶないの」とイーヴァルに訴えたのだそうだ。

急いで魔道具屋へ向かうと、果たしてオリバーが抜刀し、ジョシュアに斬りかからんとしていた。

「駄菓子屋の店内にいたのに、どうしてわかったんだろう」

「わかんない。なんかピピッてきた」

ハナの言葉に合わせて、耳がピピッと動いた。カーバンクルの力だろうか。原理はわからないが、ハナのおかげで助かった。

「ありがとう。どうしてかよくわからないけど、ハナは恩人だな」

ぐりぐりと頭を撫でると、ハナは得意げに「ふふ」と笑う。その向かいでイーヴァルが、ぼそりとつぶやいた。

「……本当にわからない？」

「え？」

どういうことかとイーヴァルを振り返ると、探るような視線とぶつかった。

鋭い目つきに息を呑んだ時にはもう、イーヴァルは視線を伏せて柔らかな表情に戻っていた。

「いいえ、何も。とにかく、ハナの活躍ですよ」

「じゃあハナ、お菓子食べてもいい？」

ここぞとばかりに、袋いっぱいに詰めた駄菓子を指して主張した。

「ちゃっかりしてるなあ」

ぐりぐり頭を撫でると、ハナはくすぐったそうにする。イーヴァルの問いかけは謎だったが、うやむやにされ、そのうちジョシュアはその問いがあったこと自体を忘れてしまった。

家に帰り、夕食は三人揃って食べた。日中の疲れもあってか、ハナが食事の途中からもう、船を漕ぎ始めた。

早めに夕食を切り上げて、ハナを寝室に連れていく。夕食の前に風呂に入っていてよかった。

どうにかパジャマに着替えさせ、ベッドに入れる。ふう、とジョシュアが息をついたところで、ぱかっとハナが目を開けた。

「おとーとと、ともだちは？」

「ちゃんと、ここにいるよ」

ハナの隣をポンポン、と叩く。「ともだち」は今日、イーヴァルに買ってもらった兎《うさぎ》のぬいぐるみだ。

ハナは隣に寝かされた手袋人形とぬいぐるみを、ギュッと大事そうに抱きしめた。

「俺はこれからイーヴァルのところに行くけど、一人で寝られるか？」

ハナを寝かせたら、また少し話をしようとイーヴァルに言われていたのだった。

丸っこい頭を撫でながら窺うと、ハナはちょっと不服そうな顔をして、上目遣いにこちらを見た。

「ママは、おじちゃんとねんねするの？」

「えっ？　いや、まさか」

無邪気に聞かれて、そんな意味ではないとわかっているのに焦った。

「話をするだけだよ。大人はまだ眠くないからな。話が終わったら戻ってくる」

戻ると聞いて、ハナは安心したようだった。

「じゃあ、へーき」

人形たちを抱きしめ、ふすっ、とため息をつく姿が可愛い。つい頭を撫で回してしまう。

「心配だな。俺がいないと、ハナは泣いちゃうんじゃないかな」

わざとからかうように言うと、ハナは頬を膨らませた。

「泣かないもん。一人で寝られるもん」

ほらっと、ぎゅっとまぶたをつぶってみせる。ジョシュアは丸いほっぺにおやすみのキスをした。

そのうち、ハナがすうすう寝息を立て始めるまで見守って、部屋を出る。行き先は一昨日の晩、二人で酒を飲んだ部屋だ。イーヴァルがすでに部屋の中にいて、くつろいでいた。

「今夜はワインにしました。あなたはあまり、お酒が強くないようなので」

彼の前のローテーブルには、ワインの瓶とグラス、つまみのようなものまで用意されていた。

「どうも……ありがとうございます」

最初の夜にお姫様抱っこをされたのを思い出し、ジョシュアはちょっと照れ臭くなる。

ブランデーも美味しかったが、今夜のワインもなかなかに美味だった。つまみもワインにぴったりで、気を抜くとどんどん食べて飲んでしまいそうだ。飲みすぎないようにしよう、と己を戒めた。

「今日はありがとうございました。ハナもすごく喜んでいましたし、俺も楽しかったです。……最後にご迷惑をかけてしまって、すみません」

イーヴァルには何から何までよくしてもらったのに、台無しにするところだった。反省しきりのジヨシュアに、イーヴァルも「もういいですよ」と笑った。

「もともと理不尽なことを言ってきたのは、先方ですし。ただまあ、あなたが意外と喧嘩っ早いことはわかりました」

「面目ない」

今日のはちょっと、下品だったと思う。馬車の中でも、何を言ってそんなに相手を怒らせたのかとイーヴァルに聞かれたが、ゴニョゴニョと誤魔化してしまった。

カマトトぶるわけではないが、なぜそこまで相手の下半身事情を知っているのかと、聞かれても困る。

「今日のことは、彼らも陛下に言いつけたりしないでしょう。特に殿下と聖也様が一緒に下町をうろついていたなどと、陛下の耳に入っては困るはずです」

そういえば魔道具屋でイーヴァルと顔を合わせた時、アレンばかりかそれまで平然としていた聖也も、ひどく気まずそうにしていた。

「アレン殿下と聖也様は今、国王陛下から行動を制限されているんですよ。公務を除き、二人揃って王宮の外に出ないようにと」

昨日の宮廷会議で貴族院派から、アレンと聖也の関係があまりに親密すぎると槍玉《やり》に挙がった。

アレンはまだ、ジョシュアと婚約関係にある身で、しかも聖也は「聖人」である。法律で決まっているわけではないが、聖なる存在にはやはり、それなりの貞淑《ていしゅく》が求められる。

そんな二人が特別な関係だと公に知れたら、一大スキャンダルだ。「聖人」という立場そのものが揺るぎかねない。

そうなれば、王威復活を望む国王の計画が台無しになるわけで、それで国王は、アレンたちに行動制限を課したのだった。

「王子たちは、まったく隠す気がないみたいでしたけど」

今後の政治を左右する事態だというのに、本人たちは堂々と下町をうろついた上、少しも素性を隠す様子がなかった。

「当人たちにしてみれば、真に愛し合っているだけなのに何を隠さなくてはならないのか、という気持ちなのでしょうね。恋をすると周りが見えなくなると言いますが、彼らは今、そんな状況のようです」

「つまり、アホなんですね」

ジョシュアが呆れて言うと、イーヴァルはおかしそうに笑った。

「そういうことです。常々、この国の特権階級の意識の低さには驚かされていましたが……失礼」

目の前の青年も特権階級の一員だったと気づいたのか、イーヴァルは失言した、というように言葉を濁した。気にしないでくださいと、ジョシュアは返す。実際、その通りだ。

イーヴァルはやはり笑ったが、そこでふと、思い出したように表情を改めた。

「あなたは大丈夫ですか、ジョシュア殿」

「え、俺?」

聞き返したが、金色の瞳には心配そうな色があった。

「あなたもハナと同様、明るく振る舞っているので忘れがちだが、本当なら落ち込んで泣き伏せっていてもおかしくない状況でしょう」

アレンたちのことで傷ついていないのかと、イーヴァルはジョシュアを心配しているのだ。

優しい男だ。考えの見えないところはあるが、この世界の誰よりジョシュアに心を砕いてくれている。

「大丈夫です」

ジョシュアは微笑みを返した。確かに、本物のジョシュアは深く傷つき、絶望さえしていた。だから自分がこの世界に来たのだろう。

でももう大丈夫だ。今のジョシュアは、アレンたちに傷つけられたりしない。

「もともとアレン殿下とは、政略的な関係でしたし、疎まれているのもわかっていましたしね。あんなアホと王宮なんて堅苦しいところで一生を過ごすなんて地獄ですし、いっそ婚約破棄されたほうがありがたいくらいです」

強がりではないとわかったのか、イーヴァルは心配の色を消し、代わりにいたずらっぽい表情を浮かべた。

「そして、侯爵家を勘当されたあかつきには、街で店を開く？」

そういえば、ハナに計画をバラされていたのだった。

「まあ、夢みたいなものですけど。ハナと二人で小さなお店をやりながら暮らすのも、楽しそうだなあ、なんて思いまして」

普通に考えたら、世間知らずの侯爵令息が市井で店を開くなんて、馬鹿げているだろう。

でもイーヴァルは馬鹿にしたりせず、優しく微笑んだ。

「今のあなたを見ていると、窮屈な貴族の暮らしよりもいっそ、そのほうが幸せかもしれないと思える」

「俺もそう思います。現実はそう甘くないかもしれませんが」

それでも父の手駒のまま、わけのわからない陰謀に巻き込まれて命を落とすより、街で貧乏暮らしをするほうがいい気がした。

「今回の件が片付いて、ハナの身元がわかったら、あなたの身の振り方も考えましょう。乗りかかった船です。悪いようにはしませんよ」

行きがかりで助けた上に、そこまで面倒を見てくれるというのか。

「どうして……」

そこまでしてくれるのか。穿《うが》ったことを考えようとして、やめた。自分は昨日、この男を信じると決めたのだ。思い直し、ジョシュアは心からイーヴァルに感謝した。

「ありがとうございます。このご恩は一生忘れません。俺にできることなら、本当に何でもします」

「そう気負わないでください。あなたのことは、退屈を紛らわすためなんですから。退屈な仕事の、ほんのおまけです」

退屈な仕事というのがどういうことなのか、聞き出そうと思ったが、微笑みの奥からじっとこちらを見つめる目に、勇気がなくなった。

「でも、そうですね。何でもしてくれるというのなら、ご褒美をもらおうかな」

何かいたずらを思いついた、というようにイーヴァルが言うので、ジョシュアは思わず身構えた。

「ご褒美?」

「そう怯えなくても、ほんの小さなものですよ。ハナのお菓子みたいに、一日一つだけ」

ハナは今日、袋いっぱいの駄菓子を買ってもらった。放っておくといっぺんに食べてしまうので、ジョシュアが預かって管理することになったのだ。

駄菓子は一日一つずつ。そんな約束をハナと交わした。

「あなたからも私に与えるものがあると思えば、それほど気詰まりではないでしょう？　そうでなければ、あなたはこの先もずっと、遠慮がちにしているでしょうから」

「イーヴァル様……」

ジョシュアのために、ご褒美だなどと言い出したのか。イーヴァルにしてもらうばかりで、気詰まりにしているのを見越して。

何て優しい男だろう、とジョシュアが見上げると、黄金色の瞳がわずかに細められた。

「その、イーヴァル様というのもやめましょうか。イーヴァルと呼んでください。私もジョシュアとお呼びしても？」

優しい声に、こくりとうなずく。イーヴァルはさらに目を細めると、自ら手を差し出した。

「では、今日のご褒美をいただきましょうか。手を出して」

「手？」

こうですか、と言われた通り手を差し出すと、イーヴァルはそれを摑み、強く引き寄せた。

あまりにも唐突に、そして強引に手を引かれたので、椅子から落ちそうになる。その身体を、逞《たくま》しい腕がすんなり掬い上げた。

何が起こったのかわからなかった。次の瞬間にはもう、唇を塞がれていた。

「……っ」

驚いて身を捩ったが、イーヴァルの腕に抱き込まれた。がっちりと抱きしめられ、愛撫するかのように唇を食《は》まれる。

「ん、ん……っ」

乱暴で、けれど甘いキスに、頭の芯がぼうっとなった。やがて唇が離れたが、イーヴァルに腰を抱かれていなければ、その場に崩れ落ちていたかもしれない。

「あまり、簡単に男を信用してはいけませんよ、ジョシュア。こういう下心のある男もいるんですから」

陶然《とうぜん》としたままでいたら、笑いを含んだ声でそう言われた。ようやく我に返る。

「な、あんたなあ、どの口が……っ」

恥ずかしさに軽く拳を振り上げたが、イーヴァルも簡単にそれを摑んで手の甲にキスをした。

「意外と素直で純情なんですね。もっと擦れているかと思いましたが」

「悪かったな。そういうあなたは、やっぱり腹黒い男だよ。油断してたらこんな……このエロ魔……」

エロ魔王、と言いそうになって慌てて口をつぐんだ。あんなキスをされて、冷静でいられない。

「えろ、ま？」

「何でもありません。もう、部屋に戻ります」

相手の腕を払いのけ、立ち去ろうとしたが、慌てていたせいか足がもつれた。転びそうになるのを、イーヴァルが支えてくれる。

「また、抱えて運びましょうか」

楽しそうだな、とジョシュアは銀髪の美貌を睨んだ。

「結構です」

「ではまた明日。明日はもう少し、優しいキスにしましょう」

「明日？　明日もするんですか」

もちろん、と魔王はにっこりする。笑顔だけは相変わらず紳士的だ。

「言ったでしょう。一日一つご褒美をもらうと」

では、これがそうだというのか。こんないやらしいキスが。

「大丈夫。明日は手加減しますよ。あなたの腰が砕けない程度に」

イーヴァルは低い声で囁《ささや》き、するりとジョシュアの下腹部を撫でた。ビクッと身じろぎして気づく。さっきのキスで、ジョシュアのそれは甘く勃起していた。

「可愛いですね」

笑いながら言われて、頭に血が上った。

「ばっ……、このエロ魔……」

イーヴァルが小さく首を傾げる。

「また、『ま』？」

「う……この……エロオヤジ！」

言い捨てて、部屋を飛び出す。後ろから、笑いながら「おやすみなさい」という声が聞こえた。何がそんなに楽しいんだ。

部屋に帰ると、ハナが四肢を伸ばして気持ちよさそうに寝ていて、ホッとする。

ハナを起こさないよう、そっと足を忍ばせてバスルームに入った。服を脱いでバスタブに入ると、頭から熱いシャワーを浴びる。

下半身は緩く勃《た》ち上がったままだ。

「……あのエロ魔王め」

迷った末に、勃ちかけたそこを自分で扱いた。

そういえばこの世界で覚醒してから、自慰なんてしてなかった。少し刺激を加えただけで、そこは完全に勃起した。

「……っ」

目をつぶって自慰を続けていると、先ほどのキスがよみがえる。

熱いイーヴァルの吐息と、官能的な唇。ジョシュアの身体を撫でる、骨ばった大きな手。

「……っ」

キスを反芻《はんすう》するだけで、あっという間に上り詰めた。これではアレンの早漏を笑えない。

「くそっ」

ジョシュアは悪態をついて、手に付いた精液を洗い流した。石鹼を使い丹念に、ついでに甘い余韻もお湯に流す。

「くそエロ魔王」

あっさり騙された上に、キスに反応してしまった自分にも腹が立つ。

不意打ちのキスが、ちっとも嫌ではなかった。嬉しかったのが悔しい。

目をつぶるとまた先ほどのキスを思い出しそうで、ジョシュアはなかなかバスルームを出ることができなかった。

翌朝、「おなかすいたあ」とハナに叩き起こされたジョシュアは、エロ魔王に身構えながら食堂へ向かったのだが、イーヴァルは入れ違いに出かけた後だった。午後には戻るという。

使用人もはっきりと行き先は告げられていないようで、ただ宮廷に向かったのではないらしい、としかわからなかった。

魔界かな、と何となく思った。魔術に長けたイーヴァルは、空間移動などもできて、遠く離れた魔界とアプフェル王国を自由に行き来している設定だった。

宮廷に向かったのでないなら、自国に戻っているのかもしれない。

イーヴァルの不在に少しホッとして、ジョシュアは朝食を食べた後、午前中はハナと庭で遊んだ。お昼ご飯を食べ、ハナの昼寝に付き合った後、午後は部屋付きの使用人の手を借りつつ、昨日の買い物を整理する。

衣服やアクセサリーなど、身の回りの小物はウォークインクローゼットに、絵本やおもちゃは居室の空いている棚に片付けた。

頼めば使用人がすべてやってくれるのだろうが、量が多すぎて何を買ったのか覚えていない。自分で片付けて、持ち物を把握しておきたかったのだ。

「いっぱい買ってもらったなあ」

洋服や小物、生活用品、ハナにはおもちゃや絵本、お菓子に至るまで、馬車の荷台がいっぱいになるまで買ってもらった。

「うん、ママのも、ハナのもいっぱい」

「そうだな。イーヴァルが買ってくれたんだ。大事にしような」

イーヴァルには、金も時間もたくさん使わせた。本来ならジョシュアごときのキスなど、ハナのおもちゃ代にもならないのだ。

昨日のことをまた思い出しそうになって、慌てて頭から振るい落とす。

あのエロ魔王は、ジョシュアをからかって楽しんでいるだけなのだ。退屈しのぎだと、本人も言っていた。なのに何度も反芻してしまうから、嫌になる。

「ねえママ、これなあに」

一人で悶々としていると、ハナが突然、ジョシュアの買い物の荷物に興味を示した。

「待った！　ハナ、それは触っちゃだめだ」

衣服の上に置かれたそれに手を伸ばそうとするのを見て、慌てて引き止める。触れる寸前で、小さな手を取ると、ハナはキョトンと不思議そうな顔をした。

「だめなの？　これなあに。ウサさん？」

「これは猫さんだ。お耳が尖《とが》ってるだろ。でもハナが触ると危ないやつなんだ。危なくないかもしれないが……まだわからないから、触らないでおこう」

ハナが興味を示したのは、例の招き猫だった。

このアイテムは、使った相手の魔力を吸い取る力があるらしい。ゲームでは、聖也が偶然これを使い、イーヴァルの魔力を吸い取ろうとする、という筋書きがあった。

といっても、実際にはどうやってこれを「使う」のか、よくわからない。ゲーム中はシナリオの途中でアイテムコマンドが出て、「招き猫」を選択して「使う」からだ。

現実世界ではコマンド画面など出ないので、使い方がわからない。もしかしたら、魔力を持つ者が触れるだけで使用したことになるかもしれない。

うっかりハナが触れて、魔力を吸い取られてしまったら困る。

「触っちゃだめだぞ」

「うん」

真剣に諭すと、ハナは神妙な顔でこくっとうなずいた。しかし、相変わらず興味を引かれているようで、招き猫をじっと見つめている。

この様子だと、こちらが目を離した隙に触りそうだ。

ジョシュアは考えた末、居室に置かれたチェストの一番上、ハナの手の届かない引き出しの中に招き猫を入れた。

それから片付けが一通り終わると、ハナが「疲れたー」とため息をついた。

「片付け頑張ったもんな」

手伝ってくれた使用人が「お茶にしましょうか」と言い、部屋を出ようとした時、ちょうどイーヴァルが姿を現した。

「イーヴァル。帰ってたんですか」

「ええ、少し前にね」

入ってもいいか、と聞かれて、どうぞと招き入れた。

「おかえりなさーい」

ハナがトトトッと駆け寄って、イーヴァルの足にぽすっとしがみついた。イーヴァルも微笑んで、優しくハナを抱き上げる。

「ただいま、ハナ。いい子にしてましたか」

「うん。おたたた……づけしてた」

お片付け、と言えなかった。ん？　とイーヴァルが首を傾げる。ジョシュアがフォローを入れた。

「あなたに買っていただいた荷物を、整理していたんです」

「おじちゃんにいっぱい買ってもらったから、だいじにしようねって、ママが」

「素敵なママですね」

イーヴァルが目を細めて言ったので、顔が熱くなった。

「私もここで、二人と一緒にお茶をいただいてもいいですか？」

使用人の声を聞いていたのだろう、イーヴァルが言い、今日はジョシュアたちの部屋でお茶にすることにした。

ジョシュアたちの居室は広く、三人でお茶を飲むのに充分な丸テーブルがしつらえられている。大人二人はそちらに座り、ハナは窓際で遊んでいた。

「何も言わず不在にしてすみませんでした。今朝早く、母国の部下から連絡があったものでね」

母国というと、魔界だろうか。

「何か、よくないことがあったんですか」

イーヴァルが難しい顔をしているので、心配になった。魔界の事情は、ゲームには出てこなかったのでよく知らない。問題が起こったのだろうか。

「いいえ、悪いことではありません。ただ、あなたにどう話したものか……」

迷っている、というように考える仕草をした。その視線が、ちらりとハナを見る。ハナはチェストの置かれた窓際に立ち、窓の外を眺めていた。

ハナに関することで、母国から連絡が入ったという。カーバンクルについてのことだろうか。

「それは、もしかして」

ジョシュアが口を開きかけた時、使用人がお茶とお菓子を運んできてくれた。使用人がお茶を淹れ立ち去った後、窓際で遊んでいたハナを呼ぶ。

「ハナ、お茶が入ったから席に……」

呼びかけて、息を呑んだ。ハナがいつの間にか、チェストの一番上の引き出しに顔を突っ込んでいたからだ。チェストの下の引き出しを出して足場にし、よじ登ったのだ。頭がいい……じゃなかった、油断も隙もない。

「こらっ、ハナ！」

鋭い声で叱《しか》ると、ハナはビクッと肩を揺らしてこちらを振り返り、へへっとバツが悪そうに笑った。悪いことをしている自覚はあるらしい。

「そんなところに上ったらだめだろ。あっ、お前、猫さんを触ろうとしたな」

「猫さん？」

イーヴァルが不思議そうに首を傾けた。

「昨日、魔道具屋で買ったやつです。聖也たちに絡まれた時の。……こらハナ、下りなさい」

ハナが動くと、足場の引き出しがガタガタ揺れる。チェストは猫脚の華奢で繊細で、高そうな造りをしている。子供が不用意によじ登って壊したらどうしよう、と青ざめた。弁償できない。

ジョシュアは席を立ち、急いでハナに駆け寄った。

「おじちゃん、これがネコさん！」

こちらが言い含めたにもかかわらず、ハナは招き猫を引っ張り出し、誇らしげに掲げて見せた。

「ハナ、お前……」

お尻ぺんぺんだぞ、と言いかけたその時、招き猫が突然、ピカッと発光した。

強い光に、目が開けていられなくなる。思わず目を覆った先で、ハナが「きゃあっ」と叫ぶ声が聞こえた。続いて、ガタガタッとチェストの揺れる音がする。

「ハナ！」

眩しさに視力を奪われながら、ジョシュアは床を這うようにしてチェストのほうへ進んだ。やがて、何かモフッとしたものが指先に当たる。

嫌な予感を覚えた時、「キュウゥ……」と動物の切なげな声がした。と、同時に光が消え、視界が元に戻る。

目の前には、出会った時と同じ姿のハナがうずくまっていた。すなわち、大きなカーバンクルの姿が。

「――これはこれは」

ジョシュアは青ざめ、背後ではイーヴァルの楽しげな声が聞こえた。

三

呆然とするジョシュアに対し、イーヴァルの行動は迅速《じんそく》だった。

近くにいた使用人を呼び、しばらく部屋には誰も近づかせないようにと命じた。

「屋敷の使用人は皆、信用が置ける者ばかりですが、この国の人間なので。余計なことは知らないほうがいいでしょう」

まだ立ち尽くしたままのジョシュアに言い、ハナの前に膝を折った。

ハナはハナで、急に変身が解けてしまい、びっくりしているようだ。キューキューと何かを訴えるように鳴いている。

その声を聞いて、ジョシュアもようやく我に返った。

「ハナ。どこか痛いところはないか。怪我は？」

矢継ぎ早に聞くと、イーヴァルが隣から「落ち着いて」と優しく言った。ハナも、「へいき」というように、「キュッ」と元気に鳴くので、少し安心する。

イーヴァルは大きなフェネックギツネになったハナの身体に触れ、あちこち検分した。額の宝石にも触れる。

「身体に異常はないようです。ただ、魔力が枯渇《こかつ》しているようだ。それで元の姿に戻ってしまったんでしょう。……ああ、これのせいか」

引き出しが出たままのチェストの前に、招き猫が転がっていた。イーヴァルはそれを手に取り、目を細める。

触れたら危険ではないかとハラハラしたが、イーヴァルが触っても特に何も起こらなかった。招き猫は招き猫のまま、見た目の変化はない。

そうしたジョシュアの様子に気づいたイーヴァルは、くすりと笑った。

「魔力の強い者ならば、不意打ちを突かれない限り、魔道具の影響を受けることはありませんよ。しかし、この魔道具がいったいどういうものか、あなたはわかって買われたのですね」

「う……」

どう言い訳したものか。いや、もう誤魔化さずに打ち明けるべきなのか。しかし、どこまで？

異世界から来ました、なんて信じてもらえるのだろうか。

ぐるぐると葛藤するジョシュアの隣で、ハナがキュウキュウと鳴いた。

「ハナ？　大丈夫か。もしかして、人型になれないのか」

言うと、ハナはそうだ、というように、キュッと短く返事をする。

「魔道具に魔力を吸い取られたからでしょう。ハナ、少しじっとしていなさい」

イーヴァルが言い、ハナの前に膝をつくと、額の宝石に手をかざした。ポッとわずかに宝石が発光する。

「キュッ」

ハナが短く鳴いてギュッと目をつぶったので、ジョシュアは心配になって身じろぎしたが、イーヴァルは「大丈夫」というように目顔《めがお》で制した。

発光はすぐに収まり、ハナは不思議そうにパチパチと目を瞬かせる。

「ジョシュア。ハナにもう一度、変身するように言ってみてください」

「え？　あ、ハナ。人型になってごらん」

イーヴァルに促されてジョシュアが言うと、ハナは少し考えるような仕草をした後、くるんと一回転した。着地する間に、人型に変わる。

「できた！」

元気よく地に足を着いたハナを見て、ジョシュアは心底ホッとした。

「私の魔力を与えました。放っておいても奪われた魔力は戻りますが、それでは時間がかかる。その間に万が一、誰かに魔獣の姿を見られては騒ぎになりますからね」

ハナは自分の身体を確認しながら不思議そうにしていたが、すぐに「眠い」と目を擦り始めた。

「私の魔力がまだ、馴染んでいないからでしょう」

寝て休めば問題ない、とイーヴァルが言うので、ジョシュアはハナを抱き上げて隣の寝室へ運び、ベッドに寝かせた。

「ママ、ごめんなさい」

ベッドの中で目をショボショボさせながら、ハナは謝った。好奇心に負けていけないことをしたら、思いがけず大変な事態になってしまった。本人が一番びっくりしているのだろう。ぺたりと耳が寝てしまっているのを見て、ジョシュアは優しくハナの頭を撫でた。

「ハナが無事でよかった。でもこれからは、大人が危ないからダメって言ったら、ちゃんと守るんだぞ」

「うん」

ホッとした顔でうなずく。ジョシュアがおやすみのキスをすると、あっという間に眠ってしまった。

上掛けを肩まで引き上げてから、隣の居室に戻る。

イーヴァルはくつろいだ様子で丸テーブルに座っていた。ハナがぶちまけたチェストの引き出しと中身は、いつの間にか綺麗に片付いている。

「あれっ、ありがとうございます、片付けてもらって」

人払いをしているのだから、やったのはイーヴァルだろう。せっせと片付けをしているイーヴァルの姿は想像がつかないが、ありがたいことだ。ジョシュアがお礼を言うと、いいえ、と微笑んだ。

「私には、大したことではありませんから」

意味深な声音で言い、どうぞ、と向かいの席を示される。やはりもう、うやむやにしておくのは限界のようだ。何からどう切り出したものか悩んでいると、イーヴァルはくすっと笑った。

「そう不安そうな顔をしなくても、大丈夫ですよ。まずはお茶でもいかがですか。今、温かいものを淹れ直します」

言うなり、イーヴァルは冷めたお茶が入ったカップの上に、手をかざした。彼がくるりと撫でるような仕草をすると、ティーセットが一瞬のうちに消えてなくなり、別のセットが現れた。

イーヴァルがもう一度、茶器の上でくるりと手を回すと、ティーポットから二つのカップへ、湯気の立ったお茶が注がれた。

「おおー」

思わずパチパチと拍手をしてしまう。

「驚いていませんね」

「いや、普通に驚いてます」

ジョシュアの言葉遣いがおかしかったのか、イーヴァルは「普通にね」と、苦笑する。この期《ご》に及んではっきりしたことを言わない魔王に、ジョシュアもとうとう耐えきれなくなった。

大声で「あーっ」と叫ぶ。イーヴァルはさすがに驚いた様子で目を見開いた。

「もうやめましょう。こういうまだるっこしい、腹の探り合いみたいなの。あなたは最初から、ハナの正体に気づいてたんでしょう」

じっと見上げると、イーヴァルは「それはまあ」と澄まして言い、お茶をどうぞと勧めた。とりあえず、二人で魔王の淹れたお茶を飲む。

「気づいていたというなら、あなたも私の素性を知っているのでは？　昨晩何度も、『えろま』などと言いかけていましたが」

「エロ魔王、と言おうとしたんです」

やけくそになって返した。イーヴァルがククッと笑う。その姿が、水で滲《にじ》んだように曖昧《あいまい》になった。目の錯覚かと、ジョシュアが目を擦る間に、彼の容姿は変貌を遂げていた。

頭に二本の立派な角が生えた、魔族の姿だ。銀髪は長く波打ち、服装もアプフェル王国風の宮廷衣装から、中東の王様のようなエキゾチックで豪華な装いに変わっていた。

態度も心なしか、尊大に見える。

今まで行儀よく座っていたのが、足を組んで背もたれに腕を乗せているからだろう。

ジョシュアは突然の変貌に息を呑みつつも、その姿に驚きはなかった。ゲームのスチルでたびたび目にした姿だったからだ。

断罪イベントの後にジョシュアをアンデッドにした時も、この姿だった。反射的に身を硬くする。

「そう怯えなくてもいい。取って食いはしない」

「やっぱり、そっちの偉そうなのが素なんですね」

ゲーム中でも、魔王の素性が明らかになると、それまでの丁寧な紳士ぶりががらりと変わり、尊大な態度と口調になっていた。

「まあな。だがちょうどよかった。私もいい加減、馬鹿丁寧に行儀よくするのが面倒だったんだ」

肩が凝った、というように首を回す。目の前のお茶を飲んだが、仕草もいささか乱暴になっている気がする。それでも上品に見えるから不思議だった。

ヴェルサイユの貴公子が突然、アラブの王様になった感じだ。

「いや、変わりすぎでしょ」

思わずツッコんでしまったジョシュアを、イーヴァルはじろりと睥睨《へいげい》した。

「ひ……」

ジョシュアが、優しいな、と思った伯爵はもういない。今の彼なら、ジョシュアをアンデッドに変えることもためらわないのだろうか。

恐怖が湧き上がった時、イーヴァルは深いため息をついた。

「だから、そう怯えるな。この姿が怖いのなら、元の姿に戻ろう」

姿の問題ではない、と言うより前に、イーヴァルは元の人間の姿に変わっていた。尊大な態度はそのままだが、冷たい眼差しは和らいでいる。

「人間は魔族というだけで怯えるが、我々は決して野蛮な種族ではない。お前たちが魔界と呼ぶ我が国も、人間の国とそう変わりはないぞ。魔法技術が進んでいる分、こちらよりよほど便利だし、魔族以外の種族も差別されることなく暮らしている」

心外そうに言われて、ジョシュアは「あれ？」と緊張を解いた。

偉そうだし、冷たい態度を取られて怯えてしまったが、中身はやっぱり今までのイーヴァルと変わらないのだろうか。

「すみません。魔族が野蛮だとは思っていないんですが」

「無理をしなくていい。この国で魔獣や魔族と言ったら、忌《い》み嫌われるものだろう。私も魔王などと呼ばれているしな。アプフェル王国だけではない、この一帯は魔族との交流がほとんどないからな。理解が進んでいないのは仕方がない」

偏見を諦観するように、イーヴァルは言った。やはり、態度が偉そうになっただけで、イーヴァルはイーヴァルのようだ。

すみません、とジョシュアは頭を下げた。

「この国の価値観というより、俺の問題なんです。魔王……イーヴァル様は俺にとって鬼門と言いますか、因縁の相手でして」

ゴニョゴニョ言い訳をしていると、「イーヴァルでいい」と言葉を挟んできた。

「お前にへりくだってもらうために、素性を明らかにしたわけじゃない。今まで通りでいい」

こちらの世界のイーヴァルは、合理主義らしい。

「お前が私の正体に気づいているだろうことは、こちらもわかっていた。ただ、素知らぬふりをするからには何かあるのだろうと、私も様子を窺っていたんだ。しかしもう、ここまで来たら互いに腹を見せ合うしかないだろう」

今さら、二人でとぼけ合っていても仕方がない。ジョシュアも、すべてイーヴァルに打ち明けるつもりでいた。

ただ、ジョシュアのトンチキな身の上話を信じてもらえるかどうかは、わからないが。

「ジョシュア・アナナス。お前からは、微細な魔力さえ感じられない。ごく普通の、一般的なアプフェル人だ。なのに私の素性を知り、この国では伝説でしかないカーバンクルを従えている。それでいて魔獣の知識は中途半端ときている。以前はオドオドして、いかにも世間知らずらしかった侯爵令息が、擦れて世慣れた町人のような振る舞いをする」

擦れてる庶民で悪かったたな、と心の中でつぶやく。それでも、イーヴァルの口調は否定的なものではなかった。

「なぜお前は、そんなにもちぐはぐなのか。お前はいったい何者だ？」

椅子の背もたれに肘をかけ、じっとこちらを見つめる。ジョシュアはぐっと腹に力を込めて、覚悟を決めた。

「俺のこと、本当のことをすべてお話しします。でも、あまりに途方もない話なんです。俺自身もいまだに夢か、さもなければ頭がおかしくなったのかと思うくらいで」

「話してみろ。お前が正気かどうかは、聞いてから判断する。お前の頭がおかしいと感じたら、しかるべき医者を呼んでやるさ。だから遠慮なく、洗いざらいぶちまけろ」

偉そうな軽口に、ジョシュアは思わず笑ってしまった。気持ちが軽くなる。

ジョシュアは覚悟を決めて、すべてをイーヴァルに打ち明けた。

まず、自分はジョシュア・アナナスではなく、別の世界のサラリーマンだったこと、この世界は元の世界でプレイしていたＢＬゲームの世界であること。

主人公の聖也のプロフィールや、イーヴァルを含む四人の攻略キャラ、それにジョシュアが悪役令息で、あらゆるシナリオで悲惨な末路を迎え、とりわけイーヴァルが絡むと最悪なエンディングになることも。

長い話の中、単語は問題なく通じるのだが、ところどころ概念が通じなくて説明に苦労した。

魔王の口から「びーえるとは何だ」とか、「逆ハーレム？　ハーレムという単語は理解できるが、なぜ『逆』なのだ。どちらも男なのに」と冷静に指摘されるのが、とてもいたたまれない。

すべてを打ち明ける頃には、すっかり話し疲れてぐったりしてしまった。イーヴァルも同様だったようで、しきりにこめかみを指で揉んでいた。

「話はわかった。が、情報量が多くて混乱するな」

「ですよね」

ジョシュアは言いながら、ティーカップに残ったお茶を飲む。淹れ直してもらったお茶も、すっかり冷めきっていた。

それを見ていたイーヴァルが、もう一度テーブルに手をかざす。ティーセットが消え、今度は異国風の酒器と酒の肴《さかな》が現れた。

「今は茶より、酒の気分じゃないか？」

同感だ。ジョシュアはうなずき、二人はイーヴァルが出した切り子細工《ざいく》に似た繊細なガラスの盃《さかずき》を手に取った。

中身はキメの細かな泡が立つ黄金色の発泡酒、ビールだった。キンキンに冷えたビールを飲むと、ぐったりした身体にもわずかに活力が戻った。

　イーヴァルも美味そうに盃の中身を飲み干した後、新しいビールを注ぎ、ようやく口を開いた。それまで、頭の中を整理していたようだ。

「この世界が、架空の物語世界だというのは奇妙な話だな。記憶が二重にあるというのも。確かに、お前でなければ正気を疑っているところだ」

「ってことは、信じてくださるんですか」

　一発で信じてもらえるとは思わなかった。

「他に説明がつかないからな。私の本当の年齢など、我が国でもごく一部の者しか知らない情報だ。しかし、お前が語った物語の設定と現実には、いささか相違がある。お前の行動で筋書きが変わった部分もあるだろうが、それ以前の相違がいくつも見受けられる」

「それは、俺も思っていました」

　まず、キャラクターの性格が違いすぎる。アレンはあんなにアホではなかったし、聖也もあんなアバズレではなかった。

「アホにアバズレか。お前もなかなか言うな」

「あっ、すみません。育ちが庶民なので」

　もう何も隠さなくていいと気が緩んだせいか、つい、思ったことをそのまま口にしてしまった。

「否定はせんが。しかし、相違があると言ったのは性格だけではない。だがそうか、これはジョシュア・アナナスには知り得ない情報だな」

「どういうことです？」

ジョシュアは、ゲームの設定以外のことはよく知らない。本物のジョシュア・アナナスは籠の鳥で、宮廷の情報は耳に入ってこなかったからだ。事によると、街の人々でさえ当たり前のように知っていることも、かつてのジョシュアは知らなかったかもしれない。

誰も味方がいなかったから、今まで実際に出会った人物の性格以外、ゲームとの相違点がわからなかった。

この世界は、ゲームと同じようで違う。

その相違点は、これからこの世界で生き延びるために重要なものかもしれない。

ジョシュアは居住まいを正し、相手の言葉を待った。

「まず、聖也がこの世界に現れた件について、だ。お前は、アプフェル王国がこの世界を救うために、国を挙げて聖人を異世界から召喚したと言っていたが、そのような事実はない」

「えっ」

そこから？　と、ジョシュアは驚いた。確かに、ジョシュア・アナナスの記憶をさらっても、救国のために異世界人を召喚したという噂はない。

ただある時から、異世界から聖人がやってきたということ、彼の持つ聖なる魔力は、この国を守護する力になるということは耳にしていた。

それがジョシュアと同じ年頃の、若くて綺麗な男で、アレンが夢中になっているというのは、アナナス侯爵から聞いたのだ。

もし王太子がジョシュアとの婚約を破棄し、聖也と結婚することになれば、宮廷の勢力図が変わってしまうと。嘆きとも愚痴ともつかないことをぼやいて、お前がしっかりしていないからだと、八つ当たりされたのだっけ。

「宮廷の発表によると、聖也はある日、とある王領の森に湧いた魔素溜まりから突如、姿を現したとされている。召喚されたのではなく、たまたま現れたのだ。そもそもこの国の人間に異世界から生き物を転移させるような、高度な魔術を持つ者はいない」

「そうか。この国の人たちは、魔術の素養が低いですもんね」

魔術師になるには、持って生まれた魔術の素養というものが必要なのだが、魔族やエルフに比べ、人族というのはもともと、その素養が低い種族だ。

中には大きな素養を持つ人間もいるが、アプフェル王国は近隣諸国の中でもとりわけ、魔術師の人材が少ない。

というのがこちらの世界、現実での常識だ。

だからこそ、外国人のイーヴァルが魔術師として重用され、稀有《けう》な聖魔術を扱える聖也が国賓になるわけだ。

そうした常識に照らせばなるほど、異世界召喚なんて聞くだけに大がかりな魔術がこの国の人間に使えるわけがない。

「ある日突然、国王の直轄地に自然発生した魔素溜まりから異世界の聖也が現れて、国王に引き渡された。そして王宮の魔術師たちが調べた結果、聖也が聖魔術を持つ聖人であるとわかったため、国で正式に保護することが決まったというのだ。しかしどうもいろいろと、都合がよすぎると思わないか？」

「うーん、どうなんでしょう。魔素溜まりって言葉自体、俺には馴染みがなくて」

ゲームには、そんな単語は出てこなかったし、こちらの世界のジョシュアの記憶をひっくり返しても、聞いたことがあるような気がする、という程度だ。

「そうか。魔素溜まりが自然発生する場所は限られているからな。この国の人間に馴染みがないのも当然だ。我が国のある暗黒大陸では多く発生するが、こちらの大陸で魔素が溜まる箇所は極めて少ない。アプフェル王国で自然発生する条件がある土地はとなると……私が調べた限り、皆無だと言える」

「つまり、魔素溜まりができた、というのは嘘だと？」

「いや、魔素溜まりができて、そこから聖也が現れたのは事実だろう。私の部下が、魔素溜まりで生じた時空の歪みを確認した」

部下が動いてたんですね、というのは、話の筋に関係ないので口にしないでおく。

「嘘だというのは、自然発生したというくだりだ。魔素溜まりは恐らく、国王によって人為的に作られた」

「そんなことできるんですか」

「恐ろしく金と労力がかかるがな。ただの金持ちにはできん所業だ。それこそ、一国の王でもなければ。ともかく、国王が作った魔素溜まりに時空の歪みが発生し、これによってたまたま聖也がこの世界に迷い込んだ。国王は、聖人は異世界から現れる、というこの国の「聖人伝説」を思い出し、聖也を自分に都合よく利用することにした。これが、私が現状から導き出した見解だ」

「聖也は『聖人』ではない？」

イーヴァルは、「何をもって『聖人』と定義するかだが」と前置きした上で、

「聖也に魔術の素養はほとんどない。訓練すればほんの少し魔術が使えるようになるかもしれないが、国を救うほどの力はないな。アレンや取り巻きは知らないかもしれないが、本人は事実を認識しているはずだ」

つまり、聖也はお飾りの聖人なのだ。国王が王威を復活させるために利用している道具に過ぎない。

「いくら『聖人』だと祭り上げられても、何もしないし活躍の場もないんだ。そのうちボロが出るだろう。私がもっとも問題視しているのは、それよりも魔素溜まりのことだ。実は私がこの国に来たのも、この魔素溜まりの件があったからだ」

聖也に興味があったから、ではなかった。こちらの世界のイーヴァルは、「聖人」など眼中にないようだ。ジョシュアは人知れず胸を撫でおろした。

「聖也が現れる少し前から、こちらの大陸、それもアプフェル王国内で頻繁に魔素溜まりが生じていると報告が上がるようになった。そのため、私が自ら調査に赴く羽目になったのだ」

魔術に秀でた魔族においても、イーヴァルの力はずば抜けて強大なのだそうだ。

このため、大きな魔素溜まりができた場合など、大きな魔力が必要とされる案件では、部下ではなく王自ら赴くのだとか。

ちなみに、魔王魔王といっているが、イーヴァルの国はアプフェル王国と同じ君主国家で、イーヴァルは国王陛下である。国名も魔界ではなくちゃんとしたものがあるし、現地では暗黒大陸のことを別の、もっと明るい名前で呼んでいるそうだ。

国名や大陸名も教えてもらったが、ジョシュアには発音が難しかった。

「すみません。そこら辺はゲームでもふんわりしてて。俺も魔界の王、っていう認識しかなくて」

でも実は、住んでいる種族が異なるだけで、アプフェル王国よりよほどちゃんとした国家のようだ。

「構わん。そのゲームの私とやらは、気に入らないというだけでお前を殺すような、傍若無人《ぼうじゃくぶじん》な魔王だったのだろう。怯えるのも無理はない」

謝ると、イーヴァルは鷹揚《おうよう》に返した。懐の深い男だ。ジョシュアは感心した。

「話を戻そう。この国では、魔素溜まりは自然発生しない。というのは、元となる魔素が極端に少ないからだ」

イーヴァルはまず、魔素溜まりの原理について説明してくれた。

「我らが暗黒大陸には、大量の魔素が地下に流れている。これを我々は龍脈と呼んでいる。水脈と似たようなものだな。こういう龍脈が、大陸全体に流れているんだ。龍脈から魔素が地表に流出して魔素溜まりができる」

ところが、アプフェル王国がある大陸には、こうした龍脈がほとんどない。水脈に例えればわかるだろう。地下水のない場所に水が湧くはずがない。

それが、イーヴァルが魔素溜まりが自然発生しないと言っていた理由だ。

「そうだ。水甕にいっぱい水を汲んで、干からびた土地にぶちまける。それを繰り返せば、いずれ水溜まりができるだろう」

ただ、魔素に乏しいこの国で、魔素溜まりを作るだけの魔素を集めるのは困難だ。

アプフェル王国内において、生活魔法の魔道具などに日常的に使用されている魔素は、ほとんどが他国からの輸入によるものである。

こちらの大陸にも、暗黒大陸ほどではないが魔素が発生する場所があるのだ。魔素は油田やガス田などと同じで、その土地の大きなエネルギー産業となり得る。

エネルギー貿易に関しては、取引を行う国家間で取り決めがあるはずで、アプフェル王国の輸入量を簡単に増やすことはできないだろう。

よって、この国で魔素を大量に調達するには、それなりの権限と財力が必要となる。一民間人には、ちと厳しい。

ちなみにイーヴァルの説明によれば、輸出入できるほどの大量の魔素を固定するには、かなりの技術力が必要なのだそうだ。

この大陸最大の魔素エネルギー産出国である某国は、今でこそ魔素の輸出で潤《うるお》っているが、数百年前は後進国で技術力もなく、魔界政府からの技術協力を経て、魔素の安定供給が可能になったのだとか。

何と魔界は、数百年前からODAを行う近代国家、超先進国だったのである。

しかし、魔素は有用なエネルギーとなる一方で、弊害もある。魔素に浸った生物は魔力を帯び、獣は魔獣に、人は魔族となるのだとか。

知能を持った生物は魔力を制御できるが、知能の低い魔獣などは心身が魔素の影響を受け、凶暴化してしまう。

このため魔族は、龍脈の流れる土地に生まれた者の使命として、古来より魔獣や魔素溜まりの監視を行ってきたという。魔素によって時空が歪み、魔力を持たない種族の住む土地に魔獣が現れれば、甚大な被害が及ぶからだ。

「それ、正義の味方じゃないですか」

魔王だの魔族だのというと悪の権化《ごんげ》みたいだが、やっていることは治安の維持だ。

ジョシュアが思わず言うと、イーヴァルは戸惑ったように視線を逸《そ》らした。

「別に、正義感でやっているわけではない。治安を保つことが我が国の繁栄に繋がる。国外に魔獣が流出すれば、他国といらぬ摩擦が起こるからな」

多少、ぶっきらぼうな口調なのは、照れているからかもしれない。ちょっと可愛いな、というジョシュアの胸の内に気づいたのかどうか、イーヴァルはすぐに澄ました表情に戻った。

「ともかく、人工的に魔素溜まりを作るのは可能だが、金と労力がかかる。ことに魔素の輸入と国内への供給は、国家事業だ。経営は代々、王族が担っている」

それでイーヴァルは、この件は国王が関わっていると考えたのだ。

「いったい、何のためにそんなこと」

「私もそれを知りたくて、調べていた」

異国の商人に身をやつし、わざわざこの国で伯爵位を得たのも、宮廷に出入りするためだ。

魔力を持っていることを公にしたのも、王宮の魔術師たちと繋がりを持つためだった。アプフェル王国では魔術師が稀少な存在だから、国王や王宮の魔術師たちが必ず興味を示すと、イーヴァルは考えたのだ。

その読みは正しく、イーヴァルは王宮の魔術研究所に出入りできるようになった。

「この国の魔術師たちは、魔獣の制御と魔素を集める魔道具の研究をしていた。もちろん、表向きの研究ではないがな。それも国王の指示によって。国王は長年、王威の復活を模索していたのではないかな。あるいは、代々玉座に即《つ》く者の悲願だったか」

王位が世襲制ではなく、貴族院と国王の投票で決まるようになったのも、王位継承者に同性婚が定められたのも、すべては過去の内戦で王威が衰退したためだ。

貴族たちが威張り、王族は彼らの顔色を窺わねばならなくなった。国王がそうした現状を憂うのは、当然のことだ。

「ここからは、あくまで私の推測だが」

と、イーヴァルは前置きした。

「国王は自分の力を誇示するために、わかりやすい強敵を作り上げる必要があった。それが魔獣だ。彼は時空の歪みから高位の魔獣を呼び出すため、魔素溜まりを作ったのではないか」

低位の魔獣ならばアプフェル王国にも存在する。龍脈がなくとも魔素を扱う限り、多少なりとも生物が魔素の影響を受けるからである。

低位の魔獣は力も弱く、普通の人間でも武力で駆除をすることが可能だ。

ところが中位から高位の魔獣は魔力が強く、今のアプフェル王国の武力ではたちうちできない。魔力をもちいなければ、とても撃退できず、万が一、中高位の魔獣が国内に出現すれば、深刻な危機に陥るだろう。

このことが国内で問題にならないのは、中高位の魔獣がアプフェル王国には生息していないからだ。魔素溜まりが自然発生することもないから、まず被害が生じる可能性はない。

「それってつまり、国王は自分の権威を示すために、自作自演で災害を起こそうとした、ということですか？　でも、国王だってショボい魔術しか使えないんだから、大変なことになるんじゃ」

「だから魔道具の研究開発をしていたんだ。先ほど、ハナがいたずらをしただろう。あれは恐らく、宮廷で作られたものだ。誰かが横流ししたのが巡り巡ったんだろうな。似たものを、宮廷で見たことがある」

先ほどのハナのように、高位の魔獣も魔力を吸い上げれば魔力が使えなくなる。国王は強力な魔獣を出現させ、さらに魔道具を使って人々の前で自ら魔獣を討伐してみせるつもりだった。

そうすれば国王は、国を救った英雄になる。国民からの支持は上がり、宮廷でも発言力は大きくなるだろう。何しろ魔術に関していえば、この国の軍事力を超す力を誇示したことになるのだ。

「雑ですね。万が一、民間に被害が出たらどうするつもりだったんだろう」

「むしろ、甚大な被害を生じさせるつもりだったんじゃないか。そのほうがより、魔獣を倒した時にありがたがられるだろう。国王は英雄になり、王威が復活する」

それが国王のすることだろうか。とんでもない王だ。アレン王子といい、この国は終わっている。

「まだ研究途中とはいえ、雑だし無謀なのは確かだ。この国の魔術師たちは、開発した魔道具で魔獣を撃退できるつもりでいるが、あの程度の道具では高位の魔獣を撃退できない。猫の像がハナに通用したのは、あの子がまだ幼く、魔力を使った経験が少ないからだ」

国王は王領で魔素溜まりを作り、計画を実行するための実験を繰り返していた。そこで生まれた時空の歪みから魔獣ではなく、聖也が現れたのはまったくの偶然だ。

そこまで聞いた時、ジョシュアはふと思いついた。

「あの、もしかしてハナが王宮に迷い込んだっていうのも、魔素溜まりのせいなんじゃないでしょうか。国王が魔素溜まりを作ったとか」

手を挙げて発言すると、イーヴァルはニヤッと笑った。

「私も同じ考えだった」

国王は実験を一通り終え、星誕祭に合わせて魔素溜まりを作ったのではないか、という。

若い王侯貴族が大勢集まる場所に、魔獣を発現させるつもりだった。彼らは怯え、逃げ惑うだろう。

それを国王が退治する。格好の舞台ではないか。

客の中には王太子もいるというのに、人を人とも思わない冷酷さだ。もっとも、アレンが実の子供だったら、別の手を考えたかもしれない。

「じゃあもしかして、俺がハナを保護せず国王に捕まってたら……」

怖いことを思いついて、恐る恐るイーヴァルを見た。彼も苦い顔でうなずく。

「人間に害なす魔獣として、国王の手で殺されていただろう」

それを聞いて、ジョシュアは怒りに震えた。

「あのクソじじい」

顔の形が変わるまでぶん殴ってやりたい。

ジョシュアが見つけた時、ハナは身体を丸めて震えていた。記憶を失い、見知らぬ場所に迷い込んで、どんなにか心細かっただろう。その原因を作ったのが国王で、しかもハナを殺すためだったなんて。

「だがむしろ、現れたのがハナでよかったのだ。カーバンクルは知能が高く、穏やかな種族だからな。むやみに人を襲うのではなく、人目を避けて隠れていたのが幸いした」

イーヴァルがなだめるように言ったが、ジョシュアは怒りを収めるのに苦労した。

「ハナが人型になっていてよかった。私も最初に見た時は驚いたが。すべての偶然が、お前やハナを助けたな」

「あなたと廊下で偶然ぶつかったのも、幸運でした」

そうでなければ今頃、ハナも自分もどうなっていたか。感謝を込めて言うと、イーヴァルはふっと笑った。

「私にとっても僥倖《ぎょうこう》だった」

どういう意味かと、問おうとしたが、その前にイーヴァルが「しかし」と言葉を続けた。

「ハナのことは幸運だったで済むが、お前についてはまだ、安心はできないぞ」

「え、俺？」

「お前がいる限り、アレンは聖也を王太子妃にできない。逆にお前さえ消えれば、大手を振って婚約できる」

消えれば、という言葉に、ぞくっとした。

「星誕祭でのアレンの騒ぎは、国王か、あるいは国王を通して聖也がそそのかしたのではないかと、考えている」

それは、ジョシュアも思っていた。

国王は王宮に魔素溜まりを作り、星誕祭の日に魔獣を倒す計画を立てていた。上手くいけば、王威復活の幕開けだ。

ただ、そうタイミングよく事が運ぶとは限らない。当日、何も起こらないかもしれない。

だからもう一つ、国王は別の角度から画策した。アレンを使ってジョシュアを貶めようとしたのだ。

「星誕祭に魔獣は現れず、お前の糾弾も失敗した。今回の件、貴族院派の主張が押しきられれば、国王の権威はますます地に落ちる。だがそこでお前が事故死でもしてくれたら、王党派にとってこれほど都合のいいことはないだろうな」

なかなか怖いことを言う。けれど、イーヴァルの言う通りだ。

魔素溜まりを作って魔獣を呼び寄せるなんて、雑な計画を立てる国王のことだ。ジョシュアの暗殺を企てていても、おかしくはない。

「でもそれじゃあ、星誕祭の件が片付いても、俺の身は危ないってことか」

聖也がいて、国王が王威復活を望む限り、ジョシュアは邪魔な存在だ。上手く婚約破棄できればいいのだが。

「いっそ、私の国に来るのはどうだ」

イーヴァルが言った。冗談かと思ったら、そうではなさそうだ。

「話を聞く限り、この国よりもお前が住んでいた環境に近いと思うぞ。人間も少数だが居住しているし、移住者も多い。アプフェル王国に未練がないなら、私と来るといい」

「未練なんてありませんが。いいんですか」

追放されて市井で暮らすことは想像していたが、魔界に移住するなんて、思ってもみなかった。

「お前も恐らく、魔素溜まりの影響を受けた者だからな。ならば我が国の管轄だ」

どういうことかと、ジョシュアは目顔でイーヴァルに問いかけた。魔王はいつの間にか微笑みを消していた。どこか悲しげな、憐れむような表情を浮かべている。

「王宮とアナナス侯爵邸は目と鼻の先にある。お前もハナと同様、魔素溜まりが生んだ時空の歪みによって、この世界に現れたのだ。ただし、魂だけがな。どんな力が作用して、そんなことになったのかは私にもわからない」

力、と聞いて、ジョシュアは夢を思い出した。

本物のジョシュアが現れた夢だ。彼は別の誰かになりたいと、あるいはここではない別の世界に行きたいと、強く願った。願い続けていた。

カーバンクルを王宮に転移させた時空の歪みは、その近隣にあったアナナス侯爵邸にも影響を及ぼしていた。ジョシュアの強い思いが作用して、魂だけが異世界の自分と入れ替わったのではないか。

そう考えるのは、乱暴だろうか。けれどそうとしか、説明がつかない。

「たぶん、あなたの言う通りだと思います。星誕祭の三日前、本物のジョシュアは深く絶望していたから」

ジョシュアは、あの日見た夢と自分の見解をイーヴァルに伝えた。彼は話を聞いてうなずいたが、何も言わなかった。ただ、やはり憐れむような目をジョシュアに向けている。

「俺は、元の世界には戻れないいんでしょうか」

自ら答えを出すと、金の瞳が堪《こら》えかねたように閉じられた。

「気の毒だが」

その声を聞いた時、それまでぴんと張り詰めていた糸が切れたような気がした。

うなだれるジョシュアに、イーヴァルが気懸りそうに呼ぶ声がした。それからそっと、肩に手を置かれる。温かい手だった。

「大丈夫です」

わかっていた。薄々気づいていていた。もう元には戻れないと。

もし戻ったとしても、本物のジョシュアがまた悲しいことになる。それならいっそ、自分がこのまこの世界にいたほうがいい。

元の自分の身体は、どうなったのだろう。代わりにジョシュアの魂が入っているのだろうか。そうだったらいい。それなら、元の身体が死なないでいるなら、家族を悲しませずに済むから。

「ジョシュア。辛いなら無理をしなくていい。泣きたいなら泣けばいいんだ」

イーヴァルはそう言って席を立ち、ジョシュアを抱きしめた。

「いえ、俺は」

泣くほど悲しくはない。そう、言おうとした。

会社はちょっぴりブラックだったし、恋人もいない。ただそう、家族に会えなくなるだけで。

「俺は、別に……」

祖父母に両親に妹、それに犬のハナ子。彼らにはもう会えない。実家に帰るたびに食べていた母の手料理も、二度と味わえない。

気の合う同僚と飲みに行き、会社の愚痴を言い合うこともない。年に数回会う学生時代からの友人とも、気まぐれに連絡してきてたまに遊ぶ知人の顔も、もう見ることはないのだ。

「……っ」

思い出が走馬灯《そうまとう》のように流れて、ジョシュアはイーヴァルの胸に顔を伏せた。嗚咽を呑み込むと、いっそう強く抱きしめられる。

「俺……あなたの国に行っても、いいですか」

涙に震える声で、ジョシュアはようやくそれだけ言った。「ああ」と、吐息が耳にかかる。

「豊かでいい国だ。歓迎するよ」

異世界に迷い込んで、優しい魔王に出会った。それだけで充分、自分は幸せだ。

やるせない悲しみを受け止めてくれる、温かな抱擁に、ジョシュアは心から感謝した。


ハナはそれから一日中、眠り続けた。

イーヴァルから問題はないと言われたが、夜になっても起きなくて、ずいぶん気を揉んだ。

でも、泣きすぎて腫《は》れぼったい顔を見られなかったのは、よかったかもしれない。

ジョシュアはイーヴァルの胸でたくさん泣いた。涙が涸《か》れたら、二人で思う存分酒を飲み、くだらない話をした。

日本の話もした。宮廷の策略も何も関係のない、他愛もない話だ。

イーヴァルも、自分の国の話をしてくれた。アプフェル王国よりも魔法技術が発達していて、確かに住みやすそうな場所に思えた。

夜まで飲んで、食べて、ぐったりした頃、イーヴァルはジョシュアを部屋まで送ってくれた。

別れ際、「今日の分のご褒美だ」と、ジョシュアのおでこにキスをして。

(くそ……いい男だよなぁ)

今日一日だけでもずいぶん迷惑をかけたのに、ずっとジョシュアに寄り添って慰めてくれたのだ。

おかげでジョシュアは、胸がキュンキュンするのを抑えるのに、ずいぶん苦労した。

(マジで惚れた)

一人になって、ジョシュアは自分の気持ちを認めた。あんなに警戒していた魔王、イーヴァルに惚れてしまった。

いい男に窮地を救ってもらって優しくされて、惚れないほうがおかしい。キスなんてもうむしろ、ジョシュアへのご褒美だ。

おでこのキスを思い出して一人で悶絶したが、その夜は自分の気持ちを整理するのに時間を使った。

畏れ多くも相手は一国の王様だ。本当に世話になった相手だし、ジョシュアの個人的な感情をぶつけて困らせるようなことはしたくない。

といっても、それほど思い詰めた気持ちはなく、イーヴァルへの感情に整理を付けて一晩寝ると、むしろ気分はすっきりしていた。

実る恋ではないけれど、好きな人がいるというのはいいものだ。人生に張り合いが出る。

そしてぐっすり眠ったハナも、朝になると元気に目を覚ました。

「おなかすいたあ」

「のんきだな」

呆れつつも、いつもと何ら変わらない様子に安心した。

ご飯を食べに行こうと身支度をしていると、使用人がやってきた。何でも、二人が起きたら、イーヴァルの居室に来るようにと言付かっているという。

「なんだろうな」

案内されるまま、イーヴァルの部屋へ行く。

「おはよう。ジョシュア、ハナ。ハナ、気分はどうだ?」

「おなかすいてる」

開口一番、ハナが言ったので、イーヴァルは笑った。伯爵の上品な笑いではなく、迫力のある魔界の王の笑みだ。

「では朝食にしよう。今日はいつもと違う場所で食べようと思うのだが、いいか？」

いたずらっぽい表情を浮かべているから、何か趣向があるらしい。ジョシュアはうなずき、とにかくお腹が空いているハナは「いーよ！」と飛び跳ねた。

「ではこちらへ」

イーヴァルが先に立って歩き出した。今気づいたのだが、イーヴァルの居室には、出入り口の他に二つ、ドアがある。

イーヴァルは一方のドアを開いて中に入った。ジョシュアもハナを連れて後に続く。

てっきり、寝室か書斎のどちらかだと思っていたのだが、どちらでもなかった。四角い小さな部屋だ。

簡素な板張りの室内には、生活に必要なものは何もなく、中央に大人の腰の高さくらいある四角い台が置かれているだけだった。その台の上には凝った彫金で幾何学文様《アラベスク》が施された小さな銀の箱が置かれ、床には台を囲むように、不思議な円陣が描かれている。子供の頃アニメで見た、悪魔を呼び出す魔法陣に似ていた。

イーヴァルは円陣の内側に立ち、ジョシュアたちにもその中に来るよう手招きした。

「これは魔術で遠くへ転移するための装置だ」

相手の説明に、ジョシュアは目を瞠った。

「転移魔法？」

アプフェル王国では、転移魔法はおとぎ話のような特別なものとして語られていたはずだ。ジョシュアが言うと、イーヴァルはうなずいた。

「我が国では普通に使われている技術だ。装置と装置を動かす魔素の供給、それに移動先の正しい座標があれば、魔術の素養がなくても使うことができる。遠方への移動は大掛かりな魔術が必要だから、誰も彼もが自由に行き来できるわけではないが」

イーヴァルは言いながら、台の上の小箱を開く。中には犬の像が入っていた。

「不用意に触るなよ。これは昨日の猫の像と同じ、魔素の蓄積装置だ」

箱の中身をよく見ようと背伸びをするハナを見て、イーヴァルがぴしゃりと言った。

「ネコさん……」

それを聞いたハナは、アワアワとうろたえてジョシュアにしがみつく。昨日のことがよっぽど懲りたのだろう。ジョシュアは「触らなければ大丈夫だよ」とハナの頭を撫でた。

その間にもイーヴァルは、犬の像の上に手をかざし、聞き取れない言語を口にしていた。

一瞬、揺れるボートに飛び乗ったように、平衡感覚がおかしくなった。めまいか気のせいかと思ったが、ハナが長い耳を押さえて「わわ」と声を上げる。

その感覚は、しかし一瞬で消えた。イーヴァルは、と目をやると、彼はいつの間にか頭に角を生やした魔王の姿に戻っている。衣装も異国の装束だ。

ハナも気づいたようで、「お」の口を作ってイーヴァルを凝視していた。

「着いたぞ。さあ、行こう」

イーヴァルは二人に微笑んで、さっき入ってきたドアを開ける。そこにはイーヴァルの居室があるはずだったが、まったく別の光景が広がっていた。

ジョシュアとハナは思わず「わあ」と揃って声を上げてしまった。

部屋を出てすぐの場所は、屋外に面した外廊下になっていた。石造りの手すりの向こうは、森と湖が広がっている。

空はまるで夕暮れのようで、夜の濃紺と昼の赤とが混ざり合っていた。

湖面は空を映し、空と水が繋がって見える。森の向こうにはモスクのようなドーム型の建物や、細長い尖塔がいくつもそびえている。

遠い空の向こうで、鳥の群れが悠々と羽ばたいているのが見える。

「我が国へようこそ」

驚くジョシュアたちに、イーヴァルはそう言った。

「ここが魔界、暗黒大陸の中心だ」

目の前に広がる風景は、物騒な名称に不釣り合いな、美しく豊かな世界だった。


周囲の景色に見惚れるジョシュアとハナに、イーヴァルはすべすべした赤い石の付いたペンダントを渡した。

「これを首からかけておくといい。この国の言葉に自動で翻訳してくれる」

ただの首飾りに見えるが、翻訳機らしい。

「おおー」

四次元ポケットの道具みたいだ。ジョシュアはさっそく、翻訳機を首にかけた。ハナも見よう見まねで自分の首にかける。

「本当は、ハナに翻訳機は必要ないんだがな。お前が着けていたら、自分もと欲しがるだろう」

魔族と、それにカーバンクルなどの高い知能を持つ魔獣は、魔力で他種族の言語を理解することができるのだそうだ。

「我々は多少、魔力の制御を学ぶ必要があるが、カーバンクルは本能的に他言語を翻訳すると言われている」

だから、突然迷い込んだアプフェル王国の言葉も理解できたし、こちらの魔族の言語も問題なく聞いたり話したりできるというのだ。

「何ですかそれ、魔法ずるい」

魔力と魔力制御を学べば、労せずしてマルチリンガルになれるということだ。ジョシュアには魔力がないので、逆立ちしてもできない。拗《す》ねてみせると、イーヴァルが笑った。

「そのための翻訳機だ。この国の人口の七割は魔族だが、他にも魔力を持たない少数種族がいくつも集まっている。使用言語も違うし、場合によっては他種族が発音できないこともあるからな」

ニャア、としか鳴けない猫に人間と同じ発声を習得しろと言っても無理だろう。魔族や人族、獣人族、エルフにドワーフと様々で、それぞれ生物学的な発声構造からして異なる場合がある。

この翻訳機は、そうしたこの国の多様性に合わせて開発されたそうだ。

「先進的だなあ」

どう見てもただの石にしか見えないペンダントを眺めて、ジョシュアは感心した。

「これなあに？」

ペンダントを首にかけ、二人のやり取りを聞いていたハナだが、小さな彼には難しい説明だったかもしれない。

「魔法の道具だって。これを首にかけてると、いろんな言葉が喋れるらしい」

「まほー？　すごいね」

「ハナも着けておくといい。カーバンクルの姿の時は、まだ人と話ができないだろう。もう少し大きくなれば、念話を覚えられるだろうが」

念話、テレパシーだ。イーヴァルは何でもできるが、カーバンクルもかなりのチート能力の持ち主らしい。

三人がそうして廊下で話していると、間もなく、廊下の端から数人の男女が現れた。皆、髪の色はそれぞれだが頭には二本の角を生やしている。

イーヴァルが来ることは、あらかじめこちらに知らされていたらしい。突然現れたジョシュアたちに驚いた様子もなく、にこやかな表情で出迎えた。

「陛下、お帰りなさいませ。お客人方も、ようこそお越しくださいました」

イーヴァルと同じ、銀髪の男が前に出た。それ以外の人々はその場にひざまずいたから、身分が異なるのだろう。

事前にイーヴァルから翻訳機をもらったおかげで、ジョシュアにも問題なく男の言葉が理解できた。

恭《うやうや》しい態度は儀礼的な挨拶のようなものだったらしく、イーヴァルが起立を許すと、ひざまずいた人々もすぐに立ち上がった。

「彼は王太子のシグルズ。私の曾孫《ひまご》だ」

最初に挨拶をした銀髪の男を指して、イーヴァルがジョシュアたちに紹介した。

「曾孫」

ジョシュアは驚いて目を瞠る。そう言われれば、そこはかとなくイーヴァルに顔立ちが似ている……ような気もする。

しかし、見かけはイーヴァルと同じくらいの年齢に見えた。シグルズのほうが痩《や》せ型で、穏やかな隠遁者《いんとんしゃ》といった風貌だ。シグルズが苦笑する。

「エルフ以外の他種族の方々は皆、驚くようですね。正しく言えば、私はイーヴァル陛下の孫と、玄孫《やしゃご》の間の子供です。ざっくりいえば子孫。王族はだいたいイーヴァル陛下の遠い子孫なのですよ。陛下ほどの長寿は、我々の種族でも珍しいので」

そういうシグルズは、イーヴァルの半分くらいの年齢だそうで、こちらもなかなかの長寿だ。

温和そうな彼は、異種族のジョシュアとハナにも丁寧に接してくれた。同じ王太子でも、どこぞの早漏とは大違いである。

他の人々はイーヴァルとシグルズの側近たちで、シグルズ同様、ジョシュアとハナに礼を尽くした挨拶をしてくれた。

「こちらはジョシュア・アナナス。アプフェル王国のアナナス侯爵令息だ。それからこれは、カーバンクルのハナ。ジョシュアの従魔である」

シグルズと側近たちに向けて、ジョシュアたちを紹介する。ジョシュアも礼儀正しく挨拶をしたが、従魔、という聞き慣れない言葉にイーヴァルを振り返った。

「従魔？」

「やはり、気づいていなかったか。後で教えてやる」

イーヴァルが言い、この場ではそれ以上、従魔が何かは聞けなかった。他の人たちは、従魔について事前に知らされているようで、「これが例の」などとうなずいている。

ハナが元気よく「ハナです！」と挨拶するので、みんなほっこりしていた。

「ともかく廊下で立ち話も何ですので、広間へどうぞ。晩餐《ばんさん》の支度ができております」

朝食を食べに来たはずなのに、夕ご飯になっている。しかし、外廊下から見える景色は宵闇そのものので、話している間にも辺りは暗くなっていた。

「あ、時差」

ジョシュアが気づいて言うと、イーヴァルがうなずいた。

「そう。アプフェル王国の朝は、こちらでは夕方だ」

この世界にも、時差があるのか。地理はジョシュア・アナナスが家庭教師に習った、ざっくりとした位置関係しかわからないが、この世界も広いのだ。

惑星だの宇宙だの、太陽の動きとか自転がどうなっているのかは、これまたよくわからないので、あまり深く考えないでおく。

石造りの廊下を渡って広間へ着くと、ペルシャ絨毯《じゅうたん》のような美しく巧緻《こうち》な模様の敷物が敷かれ、たくさんのご馳走が並んでいた。

肉料理に魚料理、野菜や果物も豊富だ。香辛料のいい香りがする。

クッションが車座に用意されていて、案内されるまま、イーヴァルの隣に座った。反対隣にシグルズが座り、ハナはジョシュアの隣だ。

側近たちもめいめいの席に座り、果実酒で盃を交わした。朝起きたばかりなのに、何だかおかしな気分だ。

しかし、魔界の料理はどれも美味しかった。アプフェル王国の料理は、味付けが塩だけの場合が多く、どちらかといえば薄味だったので、スパイスの効いた料理は食欲が進む。

小さなハナは食べられるか心配していたが、特に問題なかったようだ。皿に山盛りにした肉をぺろっと平らげた後、果物と咳《せ》き込むくらい甘味の効いたデザートを食べて幸せそうにしている。

しばらく料理の話などしていたが、側近の一人が「ところで」と口調を変えた。

「昨日、陛下にご報告したカーバンクルの件ですが」

カーバンクルと聞いて、ジョシュアはハッとする。イーヴァルもこちらを見てうなずいた。

「ジョシュアには、本国から連絡があったとだけ伝えていたな。あれはこのことだ」

何か知らせがあったと言っていたが、直後に招き猫の騒ぎがあったり、お互いに腹の中《うち》を見せ合ったりして、うやむやになっていた。

「調査隊から、カーバンクルの長《おさ》に会えたと連絡があった。こちらの事情を話し、行方不明のカーバンクルがいたら、教えてほしいと話をつけたんだ」

イーヴァルが言っていた、ハナの親探しだ。カーバンクルは高い知能を持つ生き物なので、集団の長がいるらしい。

カーバンクルの生息地は限られているという話だが、それなりの範囲がある。生息地を探し回るより、長に尋ねたほうが効率的だと判断したのだろう。

「本日、調査隊から続報が入りました。南方の生息地に、迷い子を探している番《つがい》が一組いるとか。時期も一致するので、恐らくこの番の子供で間違いないでしょう」

ハナの両親らしき番が見つかった。ジョシュアが一人で探していたら、途方もない労力が必要だっただろう。それでも、こんなに短期間で見つかるとは。

ハナは自分の話をされているとは気づいていないらしく、夢中でデザートを食べている。ジョシュアの視線に気づき、「食べる?」と砂糖菓子をジョシュアにくれた。

「ね、おいしーでしょ」

「うん、美味しいな」

この子とも、もうすぐお別れなのか。もっと先だと思っていたのに、唐突に別れを実感し、切なくなった。涙ぐみそうになって、必死で瞬きする。

と、その時、反対隣からイーヴァルの手が伸びて、ジョシュアの手に重なる。驚いて振り返ると、優しい目とぶつかった。

「安心しろ。そうすぐに別れは来ないと思うぞ」

「え……」

「ええ。親に引き会わせた上で本人の意思を確認しますが、恐らくこの子は、あなたと離れたがらないでしょう。あなたの従魔ですし、こんなにも懐いているんですから」

シグルズが言うが、ますますわけがわからなくなった。

「シグルズ。ジョシュアは従魔が何か知らない。ジョシュアもハナも、お互いに意識せず従属契約を交わしたんだ」

　イーヴァルの言葉に、シグルズと側近たちが驚きざわめいた。

「何と。そのようなことが可能なのですか」

「そのようだな。現にこうして、従属関係にある。ジョシュア、ハナはお前の従魔だ。通常は魔族や魔獣が行う魂の契約を、お前たちは知らずのうちに交わしていたようだな」

「魂の契約……？」

　そんな大それた契約が結ばれていたとは、まったく気づかなかった。ハナもキョトンとしている。

「けー、やく……ケーキのこと？　あのね、ハナはケーキも好きだけど、このまんまるのも好き。おいしいね」

　ハナは言い、蒸した饅頭《まんじゅう》を宝物のように掲げる。大人たちは思わずにっこりした。

「お前とハナは出会った当時、互いの存在をよすがにしていた。そう言っていただろう」

　昨日、イーヴァルに腹の中をぜんぶ明かした時のことだ。確かに、そんな話もした。

「二人の気持ちが合わさり、なおかつジョシュアがハナに名を与えた。このことにより、契約が完了したのだろう」

「魂の契約方法は様々ありますが、いずれも二つとない大切なものを与えることで、契約が結ばれます。魔獣は固有の名前を持たないのが普通ですから、唯一の名を与えることが、従魔契約を結ぶ条件になるのです」

　イーヴァルの言葉を、シグルズが補足する。ジョシュアは驚くばかりだった。

　呼ぶのに不便だからと、何の気なしに名前を付けたのに、そんなことになっていたとは。ならばもっと、カッコいい名前をつけてやればよかった。

「その、従魔とか、魂の契約っていうのは、何なんです？」

何か勝手に、恐ろしい契約を交わしてしまった。ハナの身にも影響があるのだろうか。恐る恐る周囲を窺うと、シグルズが安心させるようににっこり微笑む。

「手順を踏めば解除も可能ですから、そう恐れなくとも大丈夫です。文字通り、魂を結び付ける契約ですね。魔獣に対しては便宜上、従魔と呼んでいますが、実際は主従関係とは限りません。友人だったり、親子や兄弟、あるいは恋人としての関係もあり得る。いずれにせよ、魂と魂が結ばれるのですから、血の繋がりよりも関係は強固になります」

「街の魔道具屋でお前がアレンたちに絡まれていた時、離れた場所にいたハナが危険を察知しただろう。あれはお前たちの魂が繋がっていたからだ」

そういえば、ハナは「ピピッ」ときたという。不思議なこともあるものだと思っていたが、そんな理由があったとは。

「でも、俺にはちっともわからないんですが。魔力があればそういうの、わかるんですか？」

「いいや。魂の契約は、通常は人の目には見えないものだ。ただ、ハナが人型に変身したからな」

「カーバンクルが元の姿以外の形を取るのは、契約主に命じられた場合だけです。自分から別の形になることはないし、主人以外から命じられても聞くことはありません」

イーヴァルとシグルズの説明に、ジョシュアは目を白黒させた。

初めてハナと出会った時、大きくてこっそり逃げられないから、小さくなってみてと言った。それでハナは人型になったのだ。まさかあの時すでに、魂の契約が結ばれていたとは。

「じゃあイーヴァルは、最初から俺たちが契約を結んでいることを、知っていたんですね」

「ああ。お前がどこまで何を知っているのかわからなかったから、様子を見ていた」

「陛下は、ハナの身の上を心配されていたのでしょう。我が国では法律で禁じられていますが、他国では悪い人間に従魔にされて、悪用されることもままありますから」

シグルズが言う。最初のうちはイーヴァルも、ジョシュアの人となりを摑みかねていたのだろう。ジョシュアが彼を警戒していたように、イーヴァルもジョシュアを注視していた。

「まあ、お前がハナを悪用などしないことは、早々にわかっていたがな。自分のことは二の次で、ハナばかり気にかけていたから」

「それは……ハナは小さいし、俺が護らなきゃって思って。まあ、実際は何もできなかったんですけど」

イーヴァルに助けられてばかりだった。

ジョシュアがしょんぼり口にすると、イーヴァルはくすっと笑ってジョシュアの手を撫でた。

「何もできないことはない。お前がいたからハナは、見知らぬ土地で記憶を失っても、心穏やかでいられたのだ。なあハナ。ハナはママが大好きだろう？」

突然、イーヴァルがハナに呼びかけた。大人たちの話など右から左で、食べ物に夢中だったハナは、饅頭を頬張りながら「う？」と顔を上げる。ごくっとのみ込んでからジョシュアを見て、大きくうなずいた。

「ハナは、ママのこと大好き。すごーく好き」

にっこり微笑まれ、目頭が熱くなった。

「ハナ～。俺もハナが大好きだよ」

人目もはばからず、ハナを抱きしめてしまった。ハナは食べかけの饅頭を「おいしーよ」と、ジョシュアに分けてくれた。

「ハナとジョシュア殿が思い合っているのは、端で見ていてもわかりますよ。魂の契約は時に、血縁との結びつきよりも強いものです。本人がジョシュア殿と共にいたいと言うのであれば、反対する者はいないでしょう」

シグルズが優しく言った。

「そうは言っても、親御さんは心配してるでしょう」

ジョシュアだってハナと離れたくない。しかし、本当の両親はもっと離れたくなかっただろう。

「もちろん、一度は親元に帰す必要があります。ですが、子供はいずれ巣立つもの。親と引き合わせた上で、今後どうしたいか、本人の意思を聞くのがいいでしょう」

いずれにせよ、ハナの親を呼び寄せるか、あるいはこちらから出向く必要がある。転移魔法を使うにしても、座標を取り決めたりと準備が必要で、今日明日というわけにはいかないらしい。

「できればその前に、アプフェル王国での面倒事を片付けておきたい」

魔素溜まりがアプフェル国王の仕業だとするなら、国王は自分のパフォーマンスのために、今後もあちこちで魔素溜まりを作り、魔獣を呼び寄せようとするだろう。

危険な行動を、早くやめさせなくてはならない。

「武力に訴えることはしたくないが、早急に解決するとなれば、脅しや荒療治が必要かもしれんな」

「陛下のご命令があればすぐ、一個師団を派兵できるようにしております」

シグルズが心得たように言い、それからジョシュアの顔を見て微笑んだ。

「大丈夫、派兵はあくまでも脅しですよ。我々の目的は、作為的な魔素溜まりの生成を阻止することです。国民に被害が出ないよう配慮しますので、どうぞご安心ください。力だけなら、イーヴァル陛下お一人で一国を消し去ることができますからね。本気の武力行使なら派兵など必要ないんです」

穏やかな声音とは裏腹に、後半の言葉が物騒だったが、早くアプフェル国王の暴挙を阻止したいというのはジョシュアも同感だ。

ぐずぐずしていたら今後も、ハナと同じようなことが起こるかもしれない。

「我がアプフェル王国のせいで、皆さんのお手を煩わせて申し訳ありません。本来なら自国で解決しなければならない問題ですが、我々アプフェル人は魔力にもその知識にも乏しく、自力で解決することができません。自国の恥部を晒すようですが、どうかよろしくお願いします」

イーヴァルやシグルズたちは、いってみればアプフェル国王の暴挙の尻拭いをさせられているのだ。

ジョシュア自身、自分がアプフェル人だという自覚はないし、アプフェル王国には何の親しみも感じないが、それでも立場はアプフェル王国の貴族だ。この場では国を代表して、深く頭を下げた。

「お気になさらないでください。ジョシュア殿の身の上については陛下から窺っておりますし、魔素の管理は我々一族の問題でもあるのですから」

シグルズが言い、周囲の側近たちもうなずいて見せた。

「ジョシュア様も言うなれば、ハナと同じ魔素溜まりの被害者でしょう。大変な目に遭われましたね」

側近の一人が言う。魔族は皆、理性的で思いやりのある人たちばかりだ。ジョシュアは感心した。

「そろそろ日没が終わる頃だな。ジョシュア、ハナ。出かける準備をしよう。今日はこちらの街を案内するつもりで呼んだのだ」

話が途切れたところでイーヴァルが言った。シグルズが「おお、そうでした」と思い出したように言って侍従を呼ぶ。

「今日は祭りの日ですから、城下も賑わっていますよ」

それでジョシュアとハナは別室に案内された。外出するため、この国の衣装に着替えるのだという。目まぐるしい展開に驚くが、それもこれもイーヴァルが、「我が国に来ないか」と言い、ジョシュアが行きたいと答えたからかもしれない。

ジョシュアも、これから暮らすことになるかもしれない土地については興味がある。

「お菓子、売ってるかなあ」

ハナは先日の街での買い物を思い出したのか、ウキウキした様子だった。

着替えを手伝ってくれた侍従の説明によれば、この国の人々は宵っ張りなのだそうだ。王都が気温の高い地域に位置していることもあって、日没後の涼しい時間に出かけることが多いのだとか。

ジョシュアとハナに着せられた衣装も、通気性が高い薄手の生地だった。

「ふわふわ」

「うん、軽い素材だな。ズボンもゴムパンだし」

シンプルなチュニックはゆったりしていて、動きやすい。ズボンはたっぷりしたワイドパンツだ。ウエスト部分はらくちんなゴムパンツだった。ハナは同じチュニックと、半ズボンである。

アプフェル王国の服は身体にピッタリしたデザインが多かったから、根がずぼらなジョシュアにはありがたい。

「これはいいなあ。らくちんだ」

「らくちん〜」

「気に入ったか？」

二人がはしゃいでいると、イーヴァルが部屋に入ってきた。彼もまた、ジョシュアたちと同じような軽装に着替えている。

「イーヴァルも一緒に出かけるんですか」

国王なのに、街をうろついたりして大丈夫なのだろうか。こちらの心配に、イーヴァルは軽く肩をすくめた。

「必要があれば、魔術で姿は変えられる。が、必要はないな。私の顔はあまり、一般には知られていない」

「この二百年ほどは、陛下の代わりに王太子殿下が表へ立つようになりました。魔族はエルフと同じかそれ以上に長寿ですが、さすがに人々の記憶も薄れているようで」

イーヴァルの後ろにいた側近の一人が、苦笑交じりに説明してくれた。

肖像画を見ようと思えば、国内の図書などで見ることが可能だが、常に人前に出る王太子の顔のほうが、人々の記憶に刻まれているのだろうという。

「だからとっとと、代替わりをしろと言うのだ。王太子の後継も育っているのに」

いささかぶっきらぼうに、イーヴァルが言う。

「陛下はこの国の礎《いしずえ》、シグルズ殿下も陛下がお元気なうちは、象徴のままでいていただきたいと、お考えなのではないでしょうか」

「象徴というなら、太上王《だいじょうおう》の地位を設けるべきだ。私がいつまでも重しになっていては、王城の風通しも悪くなるというものだ」

イーヴァルの口調は、ジョシュアへの説明のようで、でもどこか言い訳めいて聞こえた。側近が「何をおっしゃいます」と澄ました顔で言った。

「それを言うなら、シグルズ殿下が陛下の重しなのですよ。陛下は放っておくと、あっちへフラフラこっちへフラフラ、世直しだとか視察だとか言い訳をして出ていかれますからね」

「人を、糸の切れた凧《たこ》のように言うな」

不貞腐れたように言う、イーヴァルがらしくなくおかしくて、ジョシュアは笑ってしまった。

イーヴァルはどこぞの暴れん坊な将軍様か、世直し旅をする副将軍のような、行動派の国王なのだ。

「まあそんなわけですから、我らが国王陛下は、大変に自由な方なのです。街をほっつき歩くくらい、いつものことなのですよ」

「だから、言い方がな……」

側近が冗談めかしてジョシュアに言うのに、イーヴァルは苦い顔をする。それでも、イーヴァルと側近たちのやり取りの中に、信頼関係があるのが見て取れた。

王太子以下、後継者も育っているというし、この国は基盤のしっかりした、安定した国のようだ。

街に出る支度が整うと、イーヴァルとジョシュアとハナ、それに側近二人がお供に付いて、いよいよ街へと出発した。

外廊下から見えるのは自然な景色ばかりだったから、ジョシュアはそれほど大きな街ではないのだろうと想像していた。

しかし城下町と彼らが呼ぶのは、あの外廊下から遠く向こうに霞《かす》んでいた、モスクのようなドーム型の建物や尖塔のそびえる地域だった。

ジョシュアたちが現れた建物は、王城の内宮にあたり、外宮は城下町と隣接している。内宮と外宮とは物理的な距離は離れているが、転移装置で繫がっていて、王城の限られた権限を持つ者のみ、自由に行き来できるそうだ。魔術水準が高く、魔素の豊富なこの国ならではである。

内宮から望む美しい湖や森は、広大な上に狂暴な低位魔獣や毒を持つ動植物の生息地だそうで、そのため内宮のセキュリティは抜群だ。

ちなみに、魔術での空間移動は、目的地までの距離が開くほど、より多くの魔力が必要になる。転移魔術そのものが高度な技術を要することもあり、イーヴァルが言っていたように、魔族であっても誰もが自在に移動できるわけではないという。

個人の魔術でホイホイと大陸間を自由に移動するのは、イーヴァルぐらいのものだそうだ。

ジョシュアは側近たちから王城についての説明を受けつつ、外宮からは徒歩で城下町へ向かった。

そこは街というより、都市だった。道幅はうんと広く、道は綺麗に舗装されている。ジョシュアたちが最初に来たのは、商業施設が並ぶ界隈だそうで、道の両脇に店が建ち並んでいる。みんな一様に白い壁の、三、四階建ての建物で、幾何学文様の装飾が施されている。

街の景観を保つため、界隈ごとに建築物の規格が定められているのだそうだ。

人通りも多く、種族も様々だ。人間もいた。通りには馬のない馬車が走っている。

「自動車だ」

「ご存知ですか」

「燃料は違いますが、似たものが俺の元いた世界にもありました」

こちらのほうがレトロで情緒的なデザインだが、性能を追求すると意匠《いしょう》も似てくるのか、屋根付きの車の形状は、ジョシュアから見て決して奇抜なものではなかった。

遠くにスカイツリー並みの高さの尖塔があり、これは通信塔だという。そうして周りを見ると、通行人の中に、通信機器らしい懐中時計やアクセサリーを弄《いじ》りながら歩いているのに気づいた。

異世界にも歩きスマホがあるのか、と感慨を覚えつつ、この国の技術力の高さに感心する。側近の説明を聞くに、ジョシュアがいた現代日本と何ら遜色がない。

いや、転移装置などを考えると、現代よりずっと進んでいるのではないか。

「こちらの大型店舗はまた、次にゆっくり見ていただくとして。今日は下町で祭りがあるので、そちらに参りましょう」

街には電車やバスのような公共機関として、大型の転移装置が各所に設けられている。

ジョシュアたちは市井の人々に紛れて装置をくぐり、下町へ瞬時に辿り着いた。

雑多な個人商店が並ぶアーケードと、その奥には屋台街が続いている。

屋台街まで来ると、美味しそうな匂いがあちこちから漂ってくる。食べ物以外にも、射的や輪投げ、パチンコなどがあった。

「すごい。ママ、あまい匂いがする！　あっちもおいしそうだよ！」

ジョシュアもワクワクしたが、ハナは大興奮だ。耳がピンと伸びて、今にも走り出しそうになるのを、慌てて引き留めた。

「私が抱っこしましょう」

人が多すぎて、気を抜くとすぐ迷子になりそうだ。側近の一人が言い、ハナも大人しく彼に抱き上げられた。

一行は屋台をあちこち見て回り、ハナにねだられて鮮やかな色のジュースやら、綿あめなどを買った。ジョシュアも食べたが、不思議な味のするものから、病みつきになりそうなB級グルメまで様々だ。

そうして歩いていると、屋台街のずっと奥のほうで、オレンジ色の明かりが次々に夜空に浮かんでいくのが見えた。

「あれが祭りの目玉、天燈《てんとう》上げです。願い事を天燈に書いて飛ばすんですよ」

こちらの世界も、ジョシュアがいた世界と同じ祭りがあるのだ。何だか不思議な気分だった。

「きれー」

ハナも一時、食べるのを忘れ、ほう、と空を眺める。

「うん。綺麗だな……」

ここはいい場所だ。

ここに、イーヴァルのいる国に根を下ろし、一生を終えるのも悪くない。ジョシュアは本心から、そんなふうに思えた。


天燈上げを見学し、屋台や商店を見て回ると、ジョシュアもさすがに疲れてしまった。

ハナは側近の腕の中で寝てしまい、王城の内宮に帰るまで彼に抱っこされたままだった。

途中、ジョシュアが替わりますと申し出たのだが、大丈夫ですよとやんわり固辞された。

「うちの曾孫が、ハナ殿と同じくらいの年なんです。孫夫婦とは別に暮らしているので、なかなか会えなくて」

外見はジョシュアとさほど変わらない年格好に見えたが、すでに曾孫までいるのだ。魔族の外見はあてにならない。

実際、魔族は老人になるまで老いるということがないようで、体内の魔石が少しずつ摩耗《まもう》していき、いつか尽きる時が死ぬ時なのだそうだ。

魔石は生まれた時から身体の中にあって、そのエネルギーの量は誕生時にすでに決まっているのだという。

「これは、魔獣と同じですね。龍脈の上に生息する生物の共通項なのでしょう」

側近が言う。イーヴァルと彼に連なる一族は、他の魔族に比べて強い魔石を持っていたために、魔力が膨大でより長寿なのだ。

王城の内宮に戻り、お茶を飲みながらイーヴァルや側近たちとそんな話をしているうちに、いつの間にかずいぶんと時間が経ってしまった。

魔界は夜中の二時、宵っ張りの魔族の人たちも、そろそろ就寝しようかという時間だ。

「日帰りのつもりだったが、泊まっていくか?」

イーヴァルがジョシュアに尋ねる。視線は部屋の隅で寝ているハナを見ていた。

王城に着いてもハナは目覚めず、侍従が敷き布と枕を持ってきてくれて、その上に寝かせていた。

「お急ぎでないのなら、ぜひ。シグルズ殿下も喜ばれるでしょう」

側近が言う。この場にいないシグルズは、まだ公務から戻っていない。国王の代わりに実務をこなす王太子は、多忙なのだ。

「俺もまだ、もう少しここにいたいです」

ジョシュアが言い、三人は王城で一晩を過ごすことになった。

ただちに客間が整えられ、ハナをそこに寝かせて、ジョシュアは湯あみをさせてもらった。街であちこち歩き回ったので、汗をかいていたのだ。

さっぱりして戻ってくると、同じく湯あみを終えたらしいイーヴァルが客間にいた。

王城の近くにイーヴァルの居宅が別にあるのだが、今夜はここに泊まるという。ジョシュアたちの部屋の隣に、イーヴァルの部屋が用意されていた。

「まだ眠くはないだろう。茶と酒とどちらがいい」

こちらでは真夜中でも、アプフェル王国ではまだ宵の口だ。時差があるので、ジョシュアも眠くはない。

「じゃあ、酒で」

広い客間の中央にはふかふかの絨毯が敷かれ、大きなクッションもあってくつろげるようになっている。イーヴァルとジョシュアはそちらで酒を飲むことにした。

イーヴァルがどこからか出してきたのは、さっぱりとした口当たりの果実酒だ。魔術で何でもありなので、ジョシュアももはや驚かない。

「ハナはすっかり寝ちゃって。変な時間に起きちゃいそうだなあ」

天蓋付きの寝台で四肢を大きく伸ばして寝ているハナを見て、ジョシュアは軽くぼやく。

「王都の辺りは太い龍脈が通っていて、特に魔素が濃いんだ。魔獣にとっては、アプフェル王国より過ごしやすいのだろうな」

身の内に魔石を持つ生き物は、その土地にある魔素の影響を受ける。魔素のない地域でも暮らしていけるが、空気が薄く息苦しく感じるのだという。

初めて知る事実だった。ハナにとっても、この国にいるほうが居心地がいいのだ。

「この国で半日過ごしてみて、どう思った？」

ハナを見つめてぼんやりしているジョシュアに、イーヴァルが尋ねた。いい国だと、ジョシュアは正直に答える。

「技術的に、俺のいた世界に近いんです。アプフェル王国よりずっと便利だ。何よりみんな自由で、開放的な空気を感じます」

今日、街をざっと回った限りでも、アプフェル王国より近代的で、思想も自由に見えた。街に溢れる広告や出版物がそれを物語っている。

人間のジョシュアが街を歩いていても、周りからジロジロ見られることはない。アプフェル王国では、外見からして異国人のイーヴァルや、獣人のハナは、どうしても人の目を引いた。

「異国からの移住者もいる。誰にとっても生きやすい国だ。もちろん、どんな場所にも問題や課題はあるが。アプフェル王国にいるより、自由に暮らせるのは確かだ」

「はい」

やはり、今日こうして自国にジョシュアたちを招いたのは、ジョシュアのためだったのだ。

「俺はできれば、この国で暮らしたいです。何か、俺でもできる仕事を見つけて。あ、俺、元の世界ではちゃんと働いていましたし、学生の時にもいろいろバイトの経験があるんで、わりと何でもできると思うんです」

祭りがあったのは下町だったが、貧富の差はそれほど感じなかった。移住者も暮らしているというのだから、人並みに働けば生活していけるのではないだろうか。

ジョシュアはそんなふうに先々のことを考えていたが、イーヴァルは違ったようだ。

「何か仕事がしたいというなら、それでもいい。街でも王宮でも、仕事はあるだろう。私は王城の近くに屋敷があるが、お前が別の土地に暮らしたいというなら、家を移ろう」

「イーヴァルが？」

「私はそのつもりだったんだが。一緒に暮らすのは嫌か？」

からかうように言われたが、ジョシュアは咄嗟に言葉が出ず、慌ててかぶりを振った。

「嫌だなんて。でも、どうして」

イーヴァルから、我が国に来ないか、とは言われた。でもそれは、移住を許可するということであって、イーヴァルの家に居候《いそうろう》するなんては想像していなかった。

ジョシュアがへどもどしながらそのことを口にすると、イーヴァルは「ふむ」と何か考えるような仕草をした。

「口づけしたり、他にも態度で示したつもりだったが、伝わっていなかったようだな。はっきり言葉にしたほうが誤解はなさそうだ」

「何を……」

「私はお前に惹かれている。口づけ以上のこともしたい。つまり、お前を抱きたい。むろん、一夜限りの相手ではない。できれば共に暮らして、一生を添い遂げたい。それくらい、お前を想っている」

つらつらと、あまりに淀みなく愛の言葉が語られるので、その先に何か冗談が続くのかと思ってしまった。でも、そうではなかった。

「お前が好きだ。愛している。これで伝わるか？　お前も私を意識してくれているように思うが」

「冗談……ではなく？」

「そう思われたのなら、悲しいな」

本当に悲しい、という顔をするから、申し訳なくなってしまった。

けれど、戸惑う。ジョシュアはひどく困惑していた。

「迷惑だったか？」

「ち、違……だって、どうして」

「『私のどこが好き？』というやつか？」

とぼけている、わけではないのだろう。イーヴァルは真剣だ。真面目に愛の告白をしている。

「いや、そうだけどそうじゃなくて……。俺があなたを好きになるのはわかりますよ。危ないところを救ってくれて、他人の俺に心を砕いてくれて。好みの美形に優しくされて、これで好きにならないほうがおかしい。でも、あなたはそうじゃないでしょう。しかもまだ、親しくなって数日しか経ってないのに」

どこをどう好きになったの？　と、恋心にいちいち説明を求めるつもりはないが、あまりに唐突だった。キスだって、ただからかわれているだけだと思っていたのに。

「数日でだめなら、どれくらい時が経てばいいのだ？　半年か、一年か。私にとっては数日も一年も変わらないのだがな」

苦笑しながら言われて、確かにその通りだと思った。千年以上を生きるイーヴァルにとって、時間は問題ではないのだ。

「あのでも、今さらですけど、お妃様とかいらっしゃるんでは……」

アプフェル王国で身分を偽っていた時は独身だと言っていたが、本当の彼は国王で、子孫もいる。当然、結婚しているはずだ。

そう考えて何気なく発した問いに返ってきたのは、悲しい現実だった。

「かつてはいたな。この国ができる前とできた後、何人か娶《めと》った。しかしみんな死んでしまったよ。子供もたくさんいたが、シグルズが生まれる前に寿命をまっとうした。魔族で王族とはいえ、そう誰も彼もが長寿ではないのだ」

妻も子供も、この世にいない。彼の年齢を数字では知っていたが、今初めて実感した気がする。

「大丈夫。悲しみに泣き伏したのはもう、遥か昔のことだ。妻子は亡くなったが、子孫や家臣たちがいる。孤独というわけではない」

言葉を失ったジョシュアを、イーヴァルは逆に慰めるように言った。

「長い長い人生だった。うんざりして、もう終わらせたいと思うほど」

無機質な声が言い、ジョシュアは返す言葉がなかった。彼ほど長く生きた魔族は他にいない。それはどれだけ長い年月だっただろう。

「千年も生きていると、大抵のことには驚かなくなる。喜びも悲しみも怒りさえ、新鮮に感じることはない。これで生きていると言えるだろうか」

イーヴァルはいつの頃からか、長い生に飽き飽きし、シグルズに国を任せて世界のあちこちを回るようになった。

その都度、大義名分はあるものの、本当はこの龍脈を持つ土地から逃げたかったのだ。龍脈に流れる魔素は、魔石を持つ生き物の身体を健やかに保つ。自らの寿命を縮めるために、魔素の少ない土地へ足を運んだ。

「側近たちが、シグルズが私の重しだと言ったのは当たっている。彼が譲位に応じないのは、私が死にたがっているのに気づいているからだ」

無表情に語るイーヴァルに、ジョシュアは今初めて、彼の素顔を見た気がした。

これが現実の、イーヴァルだ。魔王、攻略キャラ、そんな記号ではない。

苛立ちもすれば苦しみもある。普通の人族とはだいぶ違うが、それでも生身の男だ。

「ずっと、色のない景色を見ているようだった。この先も、死ぬまでそれが続くのだと思った。だがお前に出会った」

金の瞳が真っすぐにジョシュアを射抜く。ジョシュアは我知らず息を呑んだ。

「以前、宮廷で見かけたジョシュア・アナナスは、おどおどした気弱そうな青年だった」

王太子の婚約者でなかったら、名前を覚えることもしなかっただろう。魂が入れ替わる前だ。

「廊下で偶然出会い、その後、お前に呼び出された時、何か面白いことが起こる予感がした。果たして期待以上だったよ。私はすぐにお前に惹かれた。そして、それまで色のなかった周りの景色が色づいて見えた」

イーヴァルは言って、ジョシュアの手を取った。ビクッと身を震わせたジョシュアに優しく微笑むと、手を取って甲に口づけする。その間もずっと、金色の目がこちらを見つめていた。

「お前を愛している、ジョシュア。アプフェル王国の一件が片付いたら、私は残りの人生を、お前と暮らしたい。お前と、ハナが望むなら三人で」

プロポーズ、という単語が頭に浮かんだ。イーヴァルはそのつもりだ。

ジョシュアはまだ戸惑っていたが、イーヴァルの気持ちははしゃぎ回りたいくらい嬉しいことだった。それでも……。

「俺も、あなたが好きです。さっき言ったでしょう、惚れないほうがおかしいって。一生添い遂げるなんて夢みたいに嬉しいですよ。でも」

「何が不安だ？」

イーヴァルはジョシュアの手を放さなかった。じっと、ジョシュアの表情を見逃さず、言葉を聞き逃すまいと見つめている。それだけ真剣に想ってくれているのだ。

ならばジョシュアも、ただ困惑するばかりでなく、真面目に向き合うべきだ。そう考えて、胸の内にあった思いを口にした。

「俺は人間です。外国人で異種族で、身分差があるっていうのも不安ですが。それより何より、俺は魔族ほど長生きできない」

あと何十年かで寿命をまっとうするだろう。そうしたらまた、イーヴァルは一人だ。彼を悲しませてしまう。

「お前は本当に……」

イーヴァルが不意に、くしゃりと顔を歪ませた。それからジョシュアを引き寄せ、抱きしめる。

「人の心配ばかりしているな」

そんなつもりはないが、でも気になる。イーヴァルが悲しむ姿を想像すると、自分も悲しくなる。

出会った時間は関係ない、とイーヴァルは言っていたが、その通りだ。イーヴァルも、それにハナも、まだ出会って数日しか経っていないけれど、ジョシュアにとってかけがえのない、愛おしい存在になっている。

「ありがとう、ジョシュア。だが恐らく、お前の心配しているようにはならないだろう」

耳元で、優しい声がした。

「まず、お前はたぶん、普通の人間より少しだけ長く生きる。エルフや魔族ほどではないが、少しだけな。カーバンクルと魂の契約を交わしたからだ」

高位の魔獣も長寿だ。そして魂を結んだ相手も、少なからぬ影響を受けるのだそうだ。

「ハナがいる限り、お前は魔族に似た生態になるだろう」

つまり、老いは緩やかに、人より長寿になる。

「都合がいいですね」

「だから、魂の契約を私欲に使う輩《やから》が現れるのだ」

ハナは思っていたよりもずっと、稀少な存在だったようだ。

「それから、私の寿命はもうそこまで長くはない」

続く言葉に思わず身を揺らすと、「すぐ死ぬわけではない」と安心させるように背中を撫でられた。

「お前が生を終えるのと、そう変わらないだろうということだ」

「それなら、あなたが悲しむことはない？」

「そういうことだ。まあできれば、一緒に逝けたらいいとは思うがな」

ジョシュアにとっては、まだずっと先の話だ。けれどイーヴァルにとっては、そう遠くない未来なのだろう。その日が来るのを楽しみにしているような口調に、彼の長い苦しみを思い、ジョシュアも苦しくなった。

この先も一緒にいて、彼に寄り添えたらいいと思う。

「俺も、できたら死ぬ時はあなたと一緒がいいな」

置いていくのもいかれるのも嫌だ。

「私と、魂の契約を結ぼうか」

すぐにではない、いつか先に、とイーヴァルは言った。

「ハナと俺が結んだみたいな？」

シグルズが言っていた。魂の契約は、友人だったり、親子や兄弟だったり、あるいは恋人としての関係もあり得ると。

「ああ。正式に、深く魂を結び合うんだ。そうすれば、どちらかが相手を看取ることもない。私は、自分がうんざりするほど長く生きるのがわかっていたから、今まで誰とも契約を結ばなかった。だがもう、残りの寿命は倦むほどではあるまい。それに、私はお前とならば、幾久しく睦まじくいられると思う」

イーヴァルは言うと、抱擁を解いて再び、ジョシュアの手の甲に口づけた。

「だがこれは、またいつかの話だ。まずはジョシュア、お前と伴侶になりたい。これから生涯、私がお前を護る。お前とハナ、それにお前が大切にしているものすべて。……私の求愛を、受けてくれるか」

「もちろん」

ジョシュアは迷わず答えた。魂を結び合う。そこまで言ってくれたのだ。迷うことなんてない。

「あなたを愛してる。ずっと一緒にいさせてください」

微笑むと、イーヴァルも笑った。柔らかな美貌が近づいてきて、自然にキスをする。ゆっくりと、互いの存在を確かめるように唇を重ねた。

「……ん」

「ジョシュア」

切なげな声と繰り返されるキスに、頭の奥が痺《しび》れてくる。身体の芯に火が灯り、たまらなくなって相手に身をすり寄せた。

ジョシュアが何を欲しているのか、わかったのだろう。イーヴァルはキスをしながら目を細めると、ぐっとジョシュアの腰を抱き寄せて囁いた。

「隣の部屋に行こう」

イーヴァルの寝室だ。

ジョシュアは、ちらりと自分のベッドを見た。ハナは相変わらずすやすや眠っている。

「侍女が控えている。もしもあの子が起きても大丈夫だ」

無垢な子供の前で情事の相談をしているのがいたたまれなくて、ジョシュアは顔を赤くして何度もうなずいた。

「行こうか」

唇の端に、軽くキスをされる。手を引かれ、二人はイーヴァルの寝室へと向かった。

隣の部屋に移ってドアを閉めるなり、イーヴァルは荒々しくジョシュアを抱き寄せ、性急なキスを仕掛けてきた。

「ん……んっ」

イーヴァルのキスは巧みで、ジョシュアは翻弄されてしまう。すぐに立っていられなくなって、逞しい胸に縋った。

「あ、待っ……ぁ」

部屋着がゆったりしていてわかりにくいけれど、どちらの身体もすでに昂《たかぶ》っている。イーヴァルはジョシュアの股の間に足を滑り込ませ、ぐりぐりと前を刺激した。

「それ、やめ……あ、あっ」

刺激に慣れていない身体は、それだけで達してしまいそうになる。

「いい反応だな。以前、恋人がいたことは？」

イーヴァルはまだ余裕があるのか、ジョシュアの反応を楽しむように眺めながら、そんなことを尋ねてきた。

彼に洗いざらい話した時、元の世界ではゲイの独身で、恋人もいなかったと伝えている。ただ、過去のことは話していなかった。

「そりゃ、いましたよ。いちおう、経験もありますけど……」

その先を口にする前に、イーヴァルの目がすうっと細くなり、「ふうん」と面白くなさそうに鼻を鳴らした。それから、ジョシュアの尻をぎゅっと摑む。

「……あっ」

指の先が尻のあわいに埋め込まれ、窄《すぼ》まりを突かれた。

「お前を抱いた男がいるということか」

不機嫌な声が言い、尻をいやらしく揉みしだく。指先が布越しに窄まりを刺激し続けた。

「ちょ、あっ……もうっ。抱かれてません。そっちの経験はないんですよ！」

尻を揉まれているだけなのに気持ちよくて、全身が喜んでしまう。ジョシュアは慌てて叫んだ。後ろを弄る手がぴたりと止まる。

ジョシュアは快感に潤んだ目で、イーヴァルを睨んだ。

「ずっとタチばっかりだったんです。本当は、抱かれるほうがよかったけど。元の俺はこんなに華奢じゃなくて、そういう役目を求められてたんで」

本当はネコがいいなんて、恥ずかしくて言いたくなかったのに。

「そうか。それはいいことを聞いた。お前を抱くのは、私が初めてというわけだな」

表情は変わらないのに、声で機嫌がよくなっているのがわかった。

「イーヴァルこそ、今までいい人がたくさんいたんでしょう」

妻以外にも、こちらの経験なんて物の数には入らないほど相手がいたのではないか。そうでなければ、こんなにも巧みなキスや愛撫に説明がつかない。

じろっと睨むと、イーヴァルは降参、というように両手を上げた。

「確かに、過去については私が嫉妬する資格はないな」

そうでしょう、とこちらが睨むと、イーヴァルはジョシュアの頬や額にキスを落とした。

「だがこれからはお前だけだ。この命が尽きるまで、お前だけを愛すると誓う」

熱くて重い誓いに、ジョシュアは睨むのをやめた。「俺も」とキスを返す。

「俺もあなただけです」

二人はどちらからともなくキスを交わした。それからイーヴァルがジョシュアの身体を抱き上げ、ベッドまで運ぶ。ベッドの上でまたキスを再開しながら、お互いの服を脱がしていった。

イーヴァルが最後に自ら下着を取り去ると、中から大きな性器が勢いよく跳ねた。

（でかい……）

ジョシュアはまじまじとそれを見てしまった。ゲームでモザイクのかかったそれを見たことはあるけれど、現物を見るのは初めてだ。

わかってはいたが、男として嫉妬するくらい、イーヴァルのそれは大きく逞しかった。

肉茎は赤黒く脈打ち、てらてらと光る亀頭の先端から、先走りが溢れている。

「そう、見つめられるとさすがに恥ずかしいんだがな」

凝視したまま、思わずごくっと息を呑むと、イーヴァルが苦笑した。

「う……すみません。つい」

「謝ることはない。物欲しそうな顔をされると、こちらも興奮する」

イーヴァルはニヤッと笑って言い、ジョシュアをベッドの上に押し倒した。

「いや、物欲しそうって。そんなんじゃ」

「そうか？　お前のここはひくついているぞ」

ジョシュアの足を開かせ、尻の窄まりに指を這わせた。肉襞をやんわりと押し広げられ、慣れない感覚に息を詰める。

かと思うと、イーヴァルは尻のあわいに怒張した性器を擦りつけた。

「あ、や……」

いきなり挿入されるのかと思ったが、そうではなかった。鈴口でやんわりと入り口を突きながら、ぬめった先走りを塗り込められる。

イーヴァルがこぼす蜜は大量で、くちゅくちゅといやらしい水音が響く。

「……は……ぁっ」

「力を抜いていろ」

イーヴァルはあやすようにジョシュアにキスを繰り返しつつ、まずは先端だけを含ませ、緩く出し入れされた。戯《たわむ》れるような動作がしばらく続き、ジョシュアはもどかしくなる。そっと腰を振ると、イーヴァルがニヤリと笑った。

「可愛いおねだりだな」

「……っ、おねだりとか、言わないでください」

このエロオヤジ、と悪態をついた途端、ぐっと腰を進められ、ジョシュアは息を詰めた。ずぶずぶと根元まで埋め込みながら、イーヴァルはジョシュアを抱きしめ、キスをする。

「息を止めるな。大丈夫……そう、いい子だ」

巨根に後ろを押し広げられながら、強く抱きしめられ、甘く優しくなだめられる感覚は、これまで経験したことのない心地よさと充足を覚えた。

大きな塊が自分を貫く、その圧迫感すら愛おしい。

「辛くないか」

奥深くまで自身を収めると、イーヴァルは抱擁を解いてジョシュアを窺った。大きな手がさらりと頬を撫でる。ジョシュアは軽くかぶりを振った。

「……ぜんぶ、入ったんだ。あんなに大きいのに」

安堵《あんど》と共にそんな感想をつぶやくと、イーヴァルが愛おしそうに微笑んだ。

「あまり煽《あお》ると、後が辛いぞ」

煽ったつもりはなかったが、それからイーヴァルは緩く腰を揺すった。粘膜を刺激され、ジョシュアは声を漏らす。

「可愛い声だ。もっと聞かせてくれ」

甘い囁きと共に、動きが激しくなった。試すように、何度も角度を変えて穿たれる。

浅い部分を突かれた時、身体が浮き上がるような強い快感を覚え、思わず声を上げた。

「ここが好きなのか」

イーヴァルがニヤリと意地の悪い笑みを浮かべる。浅いその部分を、彼は何度も執拗《しつよう》に攻め立てた。

「あ、それ……あ、やぁ……」

ジョシュアの性器から、二度目の精が噴き上がる。しかし快感は終わらず、射精感が続いていた。

「うそ、あ……あっ」

ジョシュアが戸惑う間にも、イーヴァルは容赦なく突き上げる。達したばかりの性器を扱かれ、むず痒《がゆ》いような気持ちよさに身を捩って喘いだ。

「もう一度くらい、いけるか？」

「……や、だめ……それっ」

こちらは感じすぎて息も絶え絶えだというのに、イーヴァルは額に汗を浮かべながらも、まだ余裕の表情だ。

「何か、俺ばっかり……っ」

恨めしくなって睨む。イーヴァルはそんな仕草さえ愛おしいというように、ジョシュアにキスの雨を降らした。

「反応が可愛くてな。だが、お前の中は心地いいぞ。身体だけではない。こんなふうに、心まで躍るのは久しぶりだ。生きていると思える」

甘い声で言われると、気持ちよさと嬉しさと、イーヴァルの特殊な生に対する切なさとで、頭がぐちゃぐちゃになる。

「イーヴァル……愛、してる」

たまらない気持ちになって、ジョシュアはイーヴァルに縋りついた。

「私もだ、ジョシュア」

腰を穿つ動きが、さらに激しくなった。これまでは、ジョシュアを感じさせることを優先させていたのだろう。動きが変わり、逞しい男根が奥深くへと突き立てられる。

「ひ、あ……っ」

強い刺激にジョシュアにもまた、快感の波が押し寄せた。イーヴァルも限界が近づいているのだろう、それまでの余裕の表情を失い、夢中で腰を振っているようだった。

不意に、埋め込まれた男根が大きく膨らんだ気がした。ガツガツと思う様打ち付けられ、ジョシュアは射精のない絶頂に大きく喉をのけぞらせた。

「あ、あっ」

イーヴァルが、離すまいとジョシュアの身体を抱きしめる。

「ああ……ジョシュア……」

耳元で切なげな声が聞こえ、ジョシュアを抱く逞しい身体がビクビクと震えた。

ジョシュアの中に、イーヴァルの精が注ぎ込まれる。長い射精だった。精液も大量で、繋がったところからじわりと生ぬるいものが滲んでくるのがわかる。

「ここで抜くと寝床が汚れるな。風呂に入ろう」

射精を終え、イーヴァルは息を整えた後、そう言ってジョシュアを抱え上げた。

「い……あっ」

身体は繋がったままだ。自重でひときわ深くイーヴァルの性器を咥え込み、ジョシュアは甘い悲鳴を上げた。

「も……無理、無理だから。抜いて……っ」

三度も立て続けに絶頂を迎え、もう空っぽだ。なのに繋がったそこはじんじんと疼き、このまま動かれるとまた、射精のないまま何度もいかされそうだった。

「わかってる。洗うだけだ」

イーヴァルはジョシュアを抱えたままベッドから下り、ポンポンとあやすように背中を叩いた。しかし、埋め込まれた男根は硬く大きく、少しも萎《な》えていない。

「うそつき……」

涙目で睨むと、また男根が育った気がした。

イーヴァルはそのまま部屋付きのバスルームまで移動し、身体を洗うという名目でジョシュアを愛撫した。

巧みな誘導に結局ジョシュアも流されてしまい、それから長く激しい交接が一晩中続いたのだった。


翌日、ジョシュアが目を覚ましたのは、昼の遅い時間だった。

ベッドから起き上がるだけで、身体がギシギシする。筋肉痛だ。

疲れ果てて眠りに落ちる直前、ジョシュアは裸で、イーヴァルのベッドにいたはずだが、今はきちんと寝間着を着せられ、ジョシュアとハナの寝室に寝かされていた。

そのハナも、今は姿を見かけない。どこに行ったのだろうと部屋を見回した時、どこからかハナの笑い声が聞こえた。

すっかり寝坊してしまったらしい。半分はイーヴァルのせいだが。

ベッドから下りようとして、足がもつれて無様に落ちる。絨毯が敷かれているので痛くはなかったが、落ちた拍子にベッド脇のローテーブルを倒してしまい、わりと派手な音を立てた。

「ジョシュア？」

寝室の外から、イーヴァルの声が聞こえた。続いて「ママ？」とハナの声がしたから、部屋の前で二人一緒にいたらしい。

軽いノックの後、「入るぞ」と焦ったような声と共にイーヴァルが現れた。腕にはハナを抱えている。

「すごい音がしたが、大丈夫か」

「ママ、大丈夫？」

二人がかりで心配され、ジョシュアは頭を掻《か》いた。

「大丈夫です。ちょっとつまずいただけ」

よっこらしょ、と年寄り臭い掛け声をかけて立ち上がる。筋肉痛で、足が生まれたての子鹿のようにプルプルした。

「無理をするな。昨日はたくさん運動したからな」

ジョシュアの様子に気づいたイーヴァルが、ニヤニヤ笑いながらエロオヤジっぽい冗談を言う。ハナが「うんどう？」と無邪気に首を傾げるので、恥ずかしくて頭を抱えたくなった。

「そうだ。ジョシュアは運動不足だったから、昨日は私とたくさん身体を動かしたんだ。ハナもさっき、たくさんボール投げをしただろう？」

「うん。いっぱい動いておなかすいた」

イーヴァルは笑いながらハナを腕から下ろした。

「では、昼ご飯にしよう。外のおじさんに、ジョシュアが目を覚ましたと伝えてくれ。私はお前のママを運ばなければならん。どうも足が立たないようだからな」

ご飯と聞いて、食いしん坊のハナは耳をピッと立たせ、「はーい」と身を翻して部屋を出て行った。

開け放たれた扉の向こうから、昨日の側近の声がする。ハナと同じ年の曾孫がいると言っていた人だ。廊下でハナを遊ばせてくれていたらしい。キャッキャッと二人の楽しそうな声が聞こえた。

「身体は大丈夫か？」

部屋に二人きりになって、イーヴァルが心配そうにジョシュアを窺った。

その顔を正面から見た途端、昨晩のことが思い出され、ひとりでに顔が熱くなる。

「私もつい、我を忘れてしまった。初めてなのに無茶をさせたな。許してくれ」

足元のおぼつかないジョシュアの前に立ち、優しく頬を撫でる。今日もイーヴァルはいい男だ。「運動量」はジョシュアよりずっと多かったのに、ピンピンしているのが同じ男として悔しい。

「あなたは余裕ですね」

照れ臭さも相まって、目元を赤くしながら睨むと、イーヴァルは甘やかに笑ってジョシュアを抱き寄せた。優しいキスをする。

「私はそれなりに鍛えているからな。無茶をして悪かった。どこか痛むところはないか」

イーヴァルが言うほど、無茶はされていない。いや、体力の限界までやり続けたが、決して乱暴ではなかった。いつも、ジョシュアの快楽を優先してくれていたと思う。

「……大丈夫です。筋肉痛なだけで」

「本当に？　我慢するなよ」

本当です、とつぶやいてうつむいた。こちらを見るイーヴァルの眼差しが甘すぎて、まともに見返すことができない。それに表情を引き締めていないと、幸せでニヤニヤしてしまう。ぎこちなく顔に力を入れていると、優しく顎を取られた。

「もっとよく、顔を見せてくれ。私の愛しい伴侶の顔を」

顔を上げると金色の瞳が覗き込んでくる。こちらが恥ずかしさに目を逸らす前に、キスをされた。長く濃厚なキスと共に、ぐっと強く抱きしめられる。

「ん……」

キスに応えながら、ジョシュアもイーヴァルの背に腕を回した。昨夜のような激しい劣情ではないが、深く交わった後ならではの甘やかな余韻がある。

状況を忘れ、ジョシュアは陶然となってキスを続けていた。

「……ごはんですよー」

廊下からハナの声が聞こえて、はたと我に返った。

「そうそう。もう少し、大きい声がいいですね」

側近の声もする。

「お部屋に入っちゃダメなの？」

「今、お二人はお取り込み中ですからね」

「おと……おとところみちゅう……？」

廊下のやり取りに、イーヴァルとジョシュアは顔を見合わせて笑ってしまった。

「仕方がない。行くか」

「はい」

うなずくと、イーヴァルはジョシュアを抱き上げた。お姫様抱っこだ。そのまま廊下に出ていくので焦ったが、イーヴァルは下ろしてくれなかった。

ハナは無邪気に「ママ抱っこされてる」と言い、側近が気を利かせて「ハナも抱っこしましょう」

と抱き上げてくれた。

昨日、最初に食事をした広間へ行くと、すでにシグルズがいてジョシュアたちを迎えてくれた。

もともと穏やかで愛想のよい人だったが、今日はなぜか、やたらニコニコと嬉しそうにしている。

「それで、お二人は結婚式など挙げられるのですか」

食事の合間に、シグルズがいきなりそんなことを言い出したので、ジョシュアは薄焼きパンとカレーを噴き出しそうになった。

ゴホゴホと咽《むせ》ていると、隣のイーヴァルが水をくれた。彼は「気が早いぞ、シグルズ」と、王太子をたしなめる。

「この者たちには今朝、お前とのことを伝えた。私の生涯の伴侶になるとな」

ジョシュアは思わず、シグルズたちを見た。

「おめでとうございます、陛下、ジョシュア殿」

初めにシグルズが祝福の言葉を口にすると、側近たちも続いた。心からの祝福のようで、ジョシュアはホッとする。

「ありがとうございます。その、俺は種族が違うのですが……」

いくら多様な種族が住む国とはいえ、魔族が治める国だ。人間が国王の伴侶になるなんて、許されるものなのだろうか。

昨日はイーヴァルと両想いになって浮かれていたが、改めて考えると不安になる。

しかしそれはすぐ、杞憂《きゆう》だと思い知らされた。

「まったく問題ありませんよ」

シグルズがニコニコしながら、きっぱりと言いきった。

「これが世継ぎを作る前の、若い国王であれば別です。家臣への根回しも必要になるでしょうが、イーヴァル陛下には今さら、世継ぎも何もありませんからね」

そういえば王族のほとんどは、イーヴァルの子孫だと言っていた。シグルズもそうだ。今さらどんな伴侶を得たところで、たとえ何人子供をもうけたとしても、王太子やその後継の地位は盤石だということだろう。

そういう意味で、イーヴァルはすでに隠居の立場なのだ。

「それで、結婚式はどうされるんです。人を呼ぶなら計画を立てておかないと。すぐに都合を付けられない身内もおりますし」

シグルズがせっかちに言う。イーヴァルが呆れた顔をした。

「気が早いというのに。まずはアプフェル王の件を片付けないことには。それに、カーバンクルの一族ともきちんと話をつけないと、落ち着かんだろう」

「後者はその通りですが、アプフェル王国はもう、とっとと軍隊でも送り込んで、力技で片付けたらどうですかねえ。我が国の属国にするとか」

穏やかで丁寧な人だと思っていたのに、急に雑なことを言うのでびっくりした。ジョシュアが目を丸くしていると、シグルズが「すみません」と苦笑する。

「これで陛下も落ち着かれるかと思うと、嬉しくて。王太子の私よりやんちゃなんですから」

苦労しましたよ、とシグルズが言い、集まった側近たちもうなずいている。

どれだけ王太子や家臣たちに苦労をかけたのだろう。

「お前たちの手が回らない部分を、身軽な私が補っているだけだ」

一方のイーヴァルは、しれっとした顔をして、悪びれた様子がない。

とにもかくにも、シグルズたちがジョシュアを受け入れてくれているようで、安心した。

「ハナたち、ここに住むの？」

大人たちのやり取りを聞いていたハナが、誰にともなく尋ねた。ハナは曾孫《むまご》のいる側近にすっかり懐いていて、今もジョシュアの隣で側近の膝の上に座り、オレンジの皮を剝いてもらったりしている。

「ハナはどう思う？」

ジョシュアは逆に聞いてみた。両親のこともあるし、まだこの先、ハナがどこで暮らすのかは不確定だ。しかし、もしハナがジョシュアと一緒にいたいと言ってくれたら、この国で暮らすことになる。

一日ここに滞在して、すっかり馴染んでいるようだが、ハナの気持ちはちゃんと確認しておきたい。

「うーんとね、ハナはここ好き。大好き」

ハナはしばし考え込むように、ぱしぱしと瞬きして言った。大好き、という言葉と共に背後の側近を振り返り、二人でにっこり微笑み合った。

それからハナは、何か思い出したようにハッとして、イーヴァルを見る。

「あ、でもね、おじちゃんちも好きだよ」

おじちゃんち、というのは、アプフェル王国でのイーヴァルの屋敷のことだろう。小さいのに、いっちょ前に気を遣っている。これにはイーヴァルも破顔した。

「ありがとう。だが、実はこちらが本当の私の家なんだ」

「ほんと？　じゃあこれから、こっちに住むの？」

「そうなったらいいな、と思っている。もちろん、ジョシュアとハナがよければ」

イーヴァルの言葉に、ハナはチラッとジョシュアを窺った。いいのかな、という顔だ。ジョシュアは微笑んでうなずく。ハナの表情がぱあっと明るくなった。

「ハナ、ここに住みたい。ここ大好き」

アプフェル王国のイーヴァル邸でもよくしてもらったが、よほどここが気に入ったらしい。

「やはり魔獣の幼体にとっては、魔素の豊富な場所のほうが、身体も楽なのでしょうね」

ハナを膝に乗せた側近が言う。昨日、イーヴァルも言っていた。体内に魔石を持つ魔獣や魔族にとっては、龍脈のある土地のほうが楽に過ごせるのだと。

だとすればやはり、ハナのためにもここに来てよかったのだ。

ハナは果物を頬張りつつ、そうした大人たちの会話を黙って聞いていたが、急にソワソワモジモジし始めた。

「何だ、ハナ。トイレか?」

「ううん、ちがうの。あのね。あの……ハナ、もとのおうちに、おとーとともだちを置いてきちゃったの。ハナがいなくなったから、さみしがってると思う。おとーとたち、こっちに連れてきちゃだめ?」

もうアプフェル王国にある屋敷には、戻れないと思ったのかもしれない。弟も友達も、ただの布の塊とぬいぐるみだが、ハナにとっては大切なものなのだ。

ジョシュアは手を伸ばし、ハナの頭を撫でた。

「大丈夫だよ、ハナ。すぐにこっちに住むわけじゃないんだ。イーヴァルに買ってもらったおもちゃも持ってこないといけないだろ？」

「ああ。今日これから元の家に戻る。あっちで用事を済ませたら、ハナの荷物や弟たちも一緒に、この国に帰ってこよう」

ジョシュアとイーヴァルとで説明すると、ハナはようやく安心したようだった。

「そういうわけで、我々はアプフェル王国に一度戻る。あまり長いこと、あちらを不在にするわけにもいかんしな。何かあれば連絡する。そちらも、カーバンクルの件で進展があれば報告してくれ」

イーヴァルは、シグルズと側近たちに向けて告げた。

「御意に。こちらはいつでも、兵を動かせます。国王陛下のお早いお帰りをお待ちしております」

シグルズが小さく頭を下げ、側近たちはその場で両の拳を床に突き、さらに深く頭を下げる。

食事を終えると、ジョシュアたちはアプフェル王国に戻るため、内宮の小部屋に向かった。

昨日、アプフェル王国のイーヴァルの屋敷から転移してきた部屋だ。部屋の前までシグルズたちが見送りに来てくれて、しばしの別れを惜しんだ。

三人で小部屋に入って、あとは行きと同じだ。キーンと耳鳴りを感じている間に、アプフェル王国に着いていた。

あちらでは遅い午後だったが、アプフェル王国では早朝で、ちょっと戸惑った。

朝ということもあって、屋敷の使用人たちは忙しそうに働いている。昨日の外泊は突発的なものだったが、使用人たちに混乱はなかった。

イーヴァルが昨日、一度こちらに戻って連絡しておいたらしい。いつの間にか帰ってきた三人に、お帰りなさいませ、と挨拶をした。

たった一日、離れていただけなのに、ずいぶんと久しぶりに戻ってきた気がする。ハナは自分の部屋に戻ると、いの一番に弟と友達を抱きしめた。

「おとーとと、ともだち、お兄ちゃんに見せてあげるって約束したの」

お兄ちゃんとは、曾孫のいる側近のことらしい。確かにお兄ちゃんといえる外見だ。

「そうか。お兄さんに可愛がってもらってよかったな」

「うん。次は、いつ会える？」

今すぐにでも、弟たちを見せたいらしい。無邪気な質問に、ジョシュアは「うーん、いつかなあ」と首を捻った。

魔素溜まりの件は、早く片付けなければならない問題だろう。しかし、イーヴァルは具体的にどう出るのか。

昨日のシグルズたちとの話を聞くに、場合によっては素性を明かし、魔界の王としてアプフェル王国に軍事介入も辞さない様子だった。

「まだこの国で、やらなきゃいけないことが残ってるんだ。それが終わったら、だな。イーヴァルが今、頑張って早く終わらせようとしてる。俺たちはイーヴァルの邪魔にならないように、この屋敷でお留守番してないといけないんだ。もうちょっとだけ、我慢しような」

ジョシュアはハナの前にしゃがみ、言い聞かせた。ハナは耳を水平に寝かせながらも、「うん」と素直にうなずく。

「ハナ、もうちょっとだけがまんする。明日は会えるかな」

「明日は無理だな」

「じゃあ、明日の明日」

「そうだな、明日の明日の明後日の、そのまた明々後日《しあさって》の明日くらいかな」

「え、ええ？　あしたの、あしたのえっと……」

ジョシュアがわざと早口に言うと、ハナは混乱していた。指折り数えるのが可愛くて、つい頭をぐりぐりしてしまう。

「イーヴァルが頑張ってくれてるから、俺たちはいい子で待ってような」

もしかしたら、事は長引くかもしれない。それでも今、ジョシュアに不安はなかった。

イーヴァルならばきっと、上手くやってくれる。

心から信頼できる相手がいて、その人を愛し愛されるということが、こんなにも希望をもたらすものだとは、ジョシュア自身も知らなかった。

「さて、今日は何して遊ぼうか。あっちとこっちで時間があべこべだから、混乱するな」

「あべこべって、なあに。へんな言葉」

くふふ、とくすぐったそうに笑うハナを抱き上げ、部屋を出る。イーヴァルは今日、何か予定があるだろうか。

遊ぶ前にイーヴァルに聞きに行こうと思っていたら、廊下に並ぶドアの一つが開いて、イーヴァルが現れた。声をかけようとして、口をつぐむ。彼が険しい表情をしていたからだ。

「イーヴァル、どう……」

どうしたのかと尋ねる前に、廊下の向こうから、使用人が血相を変えてやってきた。

「旦那様、大変です。屋敷の正門に軍装の兵が……国王様の使者がやってきて。旦那様とジョシュア様を連行すると……。屋敷の外は、兵士たちに囲まれています！」

ジョシュアは息を呑み、ハナが怯えてしがみついてくる。イーヴァルはいち早く外の異変に気づいていたようだった。

腕の中のハナと一緒にジョシュアを抱きしめ、「大丈夫だ」となだめた。

「国王はどうやら、私ごと粛清《しゆくせい》するつもりらしいな。どういう名分を立てたのか知らんが。だが向こうから動いてくれたのなら、好都合だ」

不敵な笑みと共に、金色の瞳がぎらりと光る。ゲームで見た魔王そのものだ。しかし今、ジョシュアにとってはその禍々《まがまが》しい笑みが、この上もなく頼もしく思えた。

四

この国に、人権という言葉はないのだろうか。ジョシュアは胸の内でぼやく。

最低限の身支度をして屋敷を出ると、大勢の武装した兵士たちに取り囲まれ、錠の付いた馬車に乗せられて王宮へと連行された。

なぜ連行されるのか、理由すら教えられず、問いかけることも許されない。縄こそかけられないものの、兵士のジョシュアたちに対する扱いは、すでに罪人だと確定したかのようなものだった。

「ハナ、大丈夫だからな。すぐ終わるから」

窮屈な馬車に押し込められながら、ジョシュアは腕の中のハナを慰める。

ハナは連行の対象ではなかったが、屋敷に置いておくのも心配で、一緒に連れてきたのだ。イーヴァルのそばにいるほうが、万が一の時にも対応できる。

「へーき。おじちゃんとママがいるから、こわくないもん」

耳をピンと伸ばして言う。強がりではなく、本当に平静なようだった。偉いぞ、とジョシュアとイーヴァルが代わる代わる頭を撫でる。

「さっさと済ませて、国に帰ろう。今度は、ハナの大事な弟と友達も一緒に」

イーヴァルが言うと、ハナは抱きしめていた弟と友達を振って見せた。身支度をする時、ハナがついでに持ってきたのだ。

二人が少しも動じることなく余裕たっぷりなので、ジョシュアも不安にならなかった。

王宮に着くと、三人は円形の大広間に連れていかれた。

国会中継で見るような議場に似て、部屋の奥に高い椅子が据えられている。議長席のようなそこにアプフェル国王が座り、脇にアレンと聖也が立っていた。一段低い場所にオリバーとラースの姿もある。議長席を取り囲むように丸くしつらえられた席には、王侯貴族たちがずらりと並んでいた。

国会の議場と違うのは、王侯貴族たちの並ぶ席と国王のいる議長席の間に、広い隔たりがあることだ。そのぽっかり空いた空間に、兵士たちに脇を固められたアナナス侯爵の姿があった。

彼は他の貴族たちとは異なり、地べたに直接座らされている。ジョシュアたちが現れると、恨めしそうにこちらを睨みつけた。

これは、断罪の場だ。ジョシュアはうっすらと状況を悟った。

普段はここで、議会や裁判が行われるのかもしれない。

だが今、国王は裁判など行うつもりはない。何がどうなって侯爵やジョシュアたちが罪人になったのかわからないが、ジョシュアたちに弁論の余地を与えず、王族や貴族たちの前で罪人だと断ずるつもりなのだ。

「イーヴァル・マルメラーデ伯爵。そなたは異国の商人ながら、我が国に多くの富をもたらした。また貴重な魔術師として、王宮の魔術研究に貢献しておる。それらの功績と余への忠誠により、そなたに爵位を与えた」

罪人たちが揃うと、国王は玉座の背もたれに身を預けたまま、厳かに口を開いた。

「そなたに多大な信頼を寄せていた。ゆえに、中立の立場からそこのジョシュア・アナナスの身柄を預かると申した時も、特別に許したのだ」

「そんな私がいったい何をすれば、このように罪人のごとく引っ立てられるのでしょうな。ぜひ、お聞かせいただきたい」

武装した兵士に取り囲まれ、物々しい空気の中にあってなお、イーヴァルは堂々と発言する。

その姿や言葉遣いはマルメラーデ伯爵のそれだが、もはや魔王の威厳を隠そうとしない。玉座の老人よりよほど迫力のある伯爵の態度に、周りにいる王侯貴族たちもざわめいた。

国王もぐっと怯み、忌々しそうにイーヴァルを睨んだ。

「ずいぶんと偉そうだな、イーヴァル・マルメラーデ。いや、マルメラーデなどという者は存在しない。この男の身分は偽物だ！」

王が人々に聞こえるよう声高に叫び、再び広間がざわめいた。

「イーヴァル、そなたがピルッツ国の貴族だというのは真っ赤な嘘だった。ピルッツ国に派遣した調査員から連絡があった。マルメラーデという貴族も、イーヴァルという商人も存在しない」

それはその通りなので、イーヴァルもジョシュアも驚かなかった。ただ、ジョシュアたちの隣にいるアナナス侯爵は驚いてイーヴァルを見ている。

「ピルッツは遠方なので、素行調査をされてももう少し、時間がかかると思ったのだがな。意外と仕事が早かった」

イーヴァルは、ジョシュアにだけ聞こえる声でつぶやいた。もともと、素行調査をされることは想定していたらしい。ちょっと予定がずれたが、それも想定の内というように、イーヴァルは少しも焦っていない。「それで？」と、余裕の笑みさえ浮かべて国王を見返した。

「私の素性が偽りだったとして、なぜアナナス侯爵とそのご令息まで、このような場に引っ立てられなければならないのですか。本来ならば、私の身分詐称を訴えて裁判を起こすだけでいいはずですが」

周りにいた貴族たちから、その通りだと賛同する声がちらほら上がった。貴族院派の貴族だろう。

「黙れ、謀反人《むほんにん》が！」

国王は唾を飛ばして激高した。傍らのアレンが慌ててたしなめたが、あまり意味はないようだった。

「この男は謀反人だ。王の直轄である宮廷魔術師となって貴重な情報を盗み出した、貴族院派の間《かん》諜《ちょう》である。星誕祭の一件で、アナナス侯爵令息のジョシュアを匿《かくま》ったのがその証拠だ。イーヴァル・マルメラーデとアナナス侯爵はひそかに通じていたのだ」

「いささかというか、だいぶ乱暴ですな」

アナナス侯爵が皮肉げに言った。それにも国王は「黙れ！」と怒声を上げる。

「余の許可なく発言するな、この痴れ者めが。お前たちは魔術を使って国王である余や王太子のアレン、そして王国の守護者たる聖也に害をなそうとした。……聖也」

国王が呼ぶと、聖也はうなずいて一歩前に出た。手に持っていた何かを、一同に見せるように高く掲げてみせた。

招き猫の像だった。ジョシュアは軽く目を見開き、ハナはビクッとしてジョシュアにしがみついた。

「これは、魔素を蓄積する魔道具です。これと同じものが、王太子の居住区である『春の庭』にいくつも隠して設置されていました。そして僕は、ジョシュア・アナナスが下町の魔道具屋でこれを買い求めているところを実際に見ました。伯爵と、今そこにいる獣人も一緒でした。目撃者は僕だけではありません。アレン王子、ラース・メローネ氏、オリバー・トラウベ氏も目撃しています」

「不審に思い我々が呼び止めると、あろうことかジョシュアは、卑猥な言葉を我々に投げつけたのだ」

聖也の言葉を引き取って、アレンが言った。オリバーとラースも続く。

「侯爵令息が口にする言葉とは思えない、聞くにたえない猥褻《わいせつ》な罵倒《ばとう》の数々だった」

「そうして、我々が怯んだ隙に逃げたのだ。やましいことがなければ、逃げる必要はないだろう」

それぞれの下半身事情を告げたことを、相当根に持っているらしい。恨めしそうに睨みつけられ、ジョシュアは「はは」と乾いた笑いを浮かべた。

隣でイーヴァルが、何を言ったんだ？　と面白がるような視線を向けてくる。

「このように、魔道具を集めたのはジョシュアとイーヴァルであると、聖也たちが証言している。この魔道具は魔素を一箇所に集め、魔素溜まりを作り出す効果がある。魔素溜まりは時空の歪みを生じさせることが、魔術研究でわかっている。時空の歪みが魔獣を呼び寄せることも」

国王が手を上げて合図をすると、玉座の脇にある扉が開かれ、奥から宮廷魔術師の制服を着た男たちが数名、鳥籠を持って現れた。

鳥籠には小さな兎が入っていて、キーキーと奇怪な声を上げている。額には角を生やし、普通の兎にはない牙を剝いていた。

魔獣だ。周囲の人々が怯えざわめく。国王はもう一度合図をして、鳥籠を持った魔術師たちを下がらせた。

「今の魔獣は、『春の庭』にあった魔素溜まりから出現した魔獣だ。幸い、強力な聖魔術の使い手である聖也がいたため事なきを得たが、そうでなければ王宮に住まう我々に甚大な被害が及んだだろう」

「今の魔獣は、アプフェル王国内でも生息している低位の魔獣だな。狂暴だが、常人にも捕獲や討伐も可能だと思うが」

すでに敬語を使う気もなくなったのか、イーヴァルが呆れたように言った。国王がまたも激高する。

「黙れ、黙れ！　余の許可なく発言するなと言うに！」

周りにいた兵士たちがイーヴァルを乱暴に床へ押さえつけた。

「イーヴァル」

ジョシュアが声を上げると、兵士たちの間からイーヴァルは「大丈夫だ」とこちらに微笑みかけた。

国王は、自分の犯行をイーヴァルやジョシュア、それにアナナス侯爵をはじめとする貴族院派になすりつけ、謀反の罪を着せるつもりだ。

それもこれも、自分の権威を復活させるため、つまり私欲のために。

「これだけの証拠が揃っておる。お前たちは謀反を起こそうとした罪人だ。王の名の下にお前たちを処刑する」

処刑、と聞いた途端、貴族院派の貴族たちから怒号が上がった。国王はそんな彼らにも「黙れ」と唾を飛ばし、兵士たちに合図を送る。

議場の扉が開かれ、武装した大勢の兵士たちが入ってきた。彼らはあらかじめ示し合わせていたのだろう、迷うことなく円形の議席へ向かい、貴族院派の貴族たちだけを狙《ねら》って取り囲んだ。

武器を持たない貴族たちは、たちまち兵士たちに捕らえられてしまう。

「とんでもない荒業だな……」

ジョシュアは青ざめて、思わずつぶやいた。

国王はここに来て、武力行使に出たのだ。ジョシュアたちが謀反を起こしたという口実を立て、貴族院派の粛清に打って出たのである。

「まったくだ。黙って寸劇に付き合っていたが。時間の無駄だったな」

呆れた声が、隣から上がった。

同時に、イーヴァルを取り押さえていた兵士の一人から、「ひいっ」と悲鳴が上がる。かと思うと、イーヴァルの周りにいた兵士たちが蜘蛛《くも》の子を散らすように一斉に散っていく。

「お前たち、何をして……え」

兵士たちを怒鳴りつけようとした国王が、イーヴァルを見て目を見開いた。ジョシュアたちから少し離れた場所にいたアナナス侯爵も「ひ……」と悲鳴を上げて固まる。

角を生やし、異国の装束に身を包んだ魔王イーヴァルが、そこにいた。

「やれやれ」

取り押さえられていたイーヴァルは、首や腕をコキコキと回しながら立ち上がる。それから周りをぐるりと見回し、冷たく言った。

「茶番は終わりだ」


議場はいつしか、しんと静まり返っていた。王族も貴族も、兵士たちもその場で固まっている。

身じろぎをしたり物音を立てて、魔王に見つかることを恐れているかのようだった。

「確かに国王の言う通り、私がピルツ国の貴族というのは偽りだ。私は魔族であり、魔族を統べる暗黒大陸の王である」

「ま……魔王……」

アプフェル国王は怯えた声でつぶやき、頭を抱えた。イーヴァルが苦笑する。

「この国では、そのように呼ばれているな。いかにも私が魔王だ。私が身を偽って宮廷に入り込んだのは、お前たちのくだらん政争に介入するためではない。アプフェル王国内で人為的に作られている魔素溜まりについて調査し、犯行を止めるためだ」

イーヴァルの声は、議場によく響いた。自然に彼の言葉に耳を傾け、口を挟ませない威厳を持っている。大声を張り上げていたアプフェル国王とは雲泥の差だ。

「先ほどの猫の像、魔道具を使って魔素溜まりを作ったのは、他ならぬアプフェル国王だ。時空の歪みを発生させ、魔獣を呼び出すつもりだった。そうして現れた魔獣を自ら魔道具を使って退治して見せる。いわば自作自演だ」

静まり返っていた場が、わずかにざわめいた。「たわごとだ」と国王が叫ぶ。玉座から身体が半分滑り落ちていて、王の威厳などあったものではない。

そんな国王を、イーヴァルは冷たく見据えた。

「お前の愚行によって、我が領内の魔獣が被害に遭ったのだ。親元にいた幼い魔獣が時空の歪みで転移させられた。ジョシュア、いいか」

合図を受け、ジョシュアはうなずいた。腕の中のハナを覗き込む。

「よしハナ。今、元の姿に変身できるか？」

ここに連れてこられるまでに、三人で決め事をしていた。必要ならば、イーヴァルとハナが正体を明かす。イーヴァルが合図をしたら、ハナを元の姿に変身させる。

「うん。ハナ、できるよ」

ハナはこくっとうなずく。それからジョシュアに弟と友達を預けると、王を睨んですっくと立った。それからくるっと身を翻す。瞬く間に、小さな子供の姿から巨大なフェネックギツネに変わった。

「ま、魔獣……」

「でかいぞ」

あちこちで悲鳴が上がる。最初に行動を起こしたのは、アナナス侯爵だった。

「うわあっ」

彼は情けない声を上げながら、床を這うように逃げ出した。彼が議場の扉を目指すのを見て、周りの王侯貴族や兵士たちまでもが、その場を逃げ出そうとする。大勢の人が、狭い扉に殺到した。

イーヴァルはそれを見て、軽く手を上げた。扉に向かって軽く撫でる仕草をすると、扉が消える。

「少しの間、ここにとどまってもらおう。じっとしていれば危害は加えない。見届ける者がいなくては、私が去った後また国王が同じことをするかもしれないからな」

誰にともなく、この場の全員に言い、「さて」と国王を振り返る。巨大フェネックになったハナを連れて、国王にゆっくりと近づいていった。

「この子は、お前の作った魔素溜まりによって『春の庭』に転移させられた魔獣、カーバンクルだ」

「よ、寄るな、寄るなぁ」

玉座から転げ落ちた国王は、尻でいざる。聖也がいち早く動き、脇の扉から逃げようとしたが、イーヴァルによってやはり扉を消されてしまった。

「アプフェル国王よ、そう恐れることはあるまい。お前の傍らには、強大な聖魔術の使い手、王国の守護者が控えているのだろう?」

イーヴァルが皮肉げな口調で言うと、王国の守護者は「ち、違う」と悲鳴を上げた。

「ぼ、僕……知らない。関係ない。王様が勝手に言っただけで、そんな力ないもん!」

「せっ、聖也、何を言うか」

国王は焦っていたが、アレンとラース、オリバーは驚いた顔をしていたから、彼らは事実を知らなかったらしい。

「僕は、気づいたらこの国にいて。王様が、護ってやる、贅沢《ぜいたく》させてやるって言うから、言う通りにしてただけだ。僕は何も……悪いことはしてない」

「そう。婚約者のいる王太子を寝取るのも、国王からの指示で、何も悪いことではないのかな? その側近二人と寝るのも」

「ち、違……」

イーヴァルの言葉に、聖也が青ざめた。国王の指示だったのかと、ジョシュアだけが納得する。

「我々は、聖也を愛しているだけだ。やましいことは何もない。我々の純愛を貶めないでくれ」

アレンが真剣な顔で言い、ラースとオリバーも、そうだ、我々は真剣なんだ、と追随する。本人たちは本気なのだろうが、今は場違いで滑稽だった。

「そのあたりの釈明は、勝手にやってくれ。私にとってはどうでもいい。ただ言ってみただけだよ。重要なのは、国王が犯した罪だ。二度と魔素溜まりを作らないこと。魔素を私欲のために利用しないこと。今ここで、皆のいる場で誓え。そうすれば全員無傷で解放してやる」

イーヴァルが告げ、逃げようとしていた人々の視線が、一斉に国王に集まった。

自分たちを危険な目に遭わせた国王へ、誰もが批難の目を向けているのを、ジョシュアは見て取った。

「余は……わしは知らんぞ」

国王はこの期に及んでしらを切ろうとしたが、イーヴァルとハナが無言で近づいていくと、すぐに「ひいっ」と悲鳴を上げて縮こまった。イーヴァルたちは構わず歩みを進める。

「や、約束する。約束します。もうしない。宮廷魔術師たちが魔道具を製造するのもやめさせる！」

とうとう、国王は降参した。魔道具の製造はイーヴァルも指摘していなかったから、語るに落ちたということだ。

玉座から滑り落ち、地べたに座り込んだ王の股間に、じわりと染みが広がった。黄色い液体が大理石の床を濡らし、隣にいた聖也が「うわ」と顔をしかめる。

「こ、これでいいだろう。早く、このケダモノを下がらせてくれ」

ケダモノ、というのはハナのことだ。泣くように懇願《こんがん》する国王に、ハナがムッとしたのがわかった。

『そんななまえじゃないもん。ハナだもん。ハナ、悪いことしないよ』

魔獣が喋った、と誰かが言った。ジョシュアも一瞬驚いたが、そういえばイーヴァルの翻訳機を首から下げたままだったと気づく。巨大なフェネックの首に、赤い石の首飾りが着けられていた。

『ハナ、いい子だもん』

「うん。ハナはいい子だな。こっちにおいで」

もういいだろう、とイーヴァルに目配せし、ジョシュアはハナを呼んだ。ハナはトトト、とジョシュアに駆け寄ってくる。巨体のまま、甘えるように鼻先をジョシュアに擦りつけた。

「よく頑張ったな」

『うん。あとね、ハナ思い出した。そこのおじいちゃん見たとき』

「思い出した……って、迷子になった時のことか」

ハナがうなずいて、ジョシュアは息を呑んだ。これにはイーヴァルも、驚いた顔で振り返る。

『おとーさんとおかーさんと、一緒にいたの。おうちの周りで遊んでたのに、いつの間にかおとーさんとおかーさんがいなくなってた。夜になっておなか空いたのに、おうちがわかんなくて』

泣き出しそうな声になるから、ジョシュアは可哀想になってハナの毛並みを撫でた。

『ごはん探してたら、お城の中におじいちゃんがいた。あのね、そこのお兄ちゃんといたよ。二人とも、裸んぼでご飯食べてた』

そこのお兄ちゃん、と聖也を指す。二人とも裸で飯を食っているとは、いったいどんな状況だ。

思わず首を傾げると、ハナにとっても不可解な状況だったらしく、同じように小首を傾げた。

『うんとね、お兄ちゃんの上にお肉とかのっけて、おじいちゃんがそれを食べるの』

「男体盛《なんたいも》りかよ」

何とマニアックな、とジョシュアは呆れ、国王と聖也を睨んだ。

「小さい子供に変なもの見せやがって。っていうか聖也お前、国王とも寝てたのかよ」

「なっ……僕……そう僕は、王様に無理やりやらされたんだ。嫌だって言ったのに、力ずくで」

聖也がたちまち被害者の顔をして、よよと泣き崩れたのは見事だった。

アレンは「何ということを」と血相を変えて聖也を抱きしめ、国王を睨む。ラースとオリバーも怒りと憎しみの目を王に向けた。

「な、何を言うか！　お前だって喜んでいたくせに。宝石だの衣装だの、あれこれ貢がせたではないか」

王太子たちにまで睨まれた国王は、青ざめて言い募った。

「男体盛りも聖也が言い出したのだぞ。禁制の魔獣の毛皮が欲しいと言って……」

『あとね、おにいちゃんたちは四人で、お庭で裸んぼだったよ。鬼ごっこ？　してた。黒い髪のおにいちゃんといる時は、みんないつも裸んぼなのね』

ハナが無邪気に、今度はアレンたちの乱交と青姦を暴露した。アレンや聖也が口々に言い訳めいたことをわめいていたが、どうでもいい。

「災難だったな、ハナ。もういいよ。でも、お父さんとお母さんのこと、思い出してよかったな」

王宮でのことは、もう思い出さないほうがいい。聖也たちが何をしていたのかわかっていないようなのは幸いだが、ジョシュアは強引に話題を変えた。

「王と王太子とその側近たちが皆、聖人の恋人というわけか。大した国だな。だが我々にはそれも、どうでもいいことだ」

イーヴァルもジョシュアと同様に感じたのか、話題を斬り捨てた。

「もう二度と魔素を悪用するな。今後もしこの国で同じようなことが起こったら、我が国は武力をもって征服する。アプフェル王国は魔界の属国となるだろう。しかと覚えておけ。国王と王太子、そして政治を担う貴族たちもだ」

魔王の威厳をもって、イーヴァルが告げる。彼がぐるりと見回すと、その視線の先に映る国王とアレン、それにアナナス侯爵をはじめとする貴族たちも、従順に何度もうなずいた。

「よろしい。ではもうこの国には用はない。立ち去るとしよう。ジョシュア、ハナ」

イーヴァルが手を差し伸べ、ジョシュアはそれを取った。ハナも二人に鼻先を擦りつける。

「ど、どこに……」

途中まで逃げかけていたアナナス侯爵が、地べたにへたり込んだまま声を上げた。イーヴァルは何か言いかけ、ジョシュアを見る。

ジョシュアは黙って首を横に振った。この男は、自分の父親ではない。イーヴァルはその意を受け取って、アナナス侯爵を睥睨した。

「お前には関係のないことだ、アナナス侯爵。ジョシュアは今後、アプフェル王国とは縁を切り、私の伴侶になるのだから」

ジョシュアはアナナス侯爵を一瞥《いちべつ》したが、すぐに視線を外した。彼に対しては何の感情も起こらない。

イーヴァルが議場の扉を指さした。消えていた扉が復活し、人々は再び、扉に殺到する。悲鳴を上げて逃げていく人々は、自分たちの王など一顧《いっこ》だにしなかった。

「我々も帰ろう」

そう、帰るのだ。イーヴァルとハナ、大切な二人と一緒に、本当の自分の居場所へ。

「――はい」

こうしてジョシュアたちは、アプフェル王国を後にしたのだった。


「アレンが新しい国王に即位したそうだ」

背後で、自分を抱く恋人の声がする。ちょうどいいお湯の温度と、リラックス作用のある香油にうっとり目を閉じていたジョシュアは、「そうですか」と気のない返事をしてしまった。

「寝ていたのか？」

面白がる口調で、イーヴァルが言う。彼は浴槽にもたれてくつろぎ、ジョシュアを前に抱いてその髪をもてあそんでいた。

「いえ、起きてました。お湯が気持ちよくてぼんやりしちゃって」

男二人で入っても充分に広い湯船は、いつ入っても気持ちがいい。しかも今日は、いい匂いのする香油が混ぜられている。

「まあ、あの騒動で王の議決権は大幅に削減されたから、事実上の傀儡《かいらい》だな」

アプフェル王国と決別して、半年が経った。

あの一件は瞬く間に国中に広まり、国王は国民に害をなそうとしたとして、幽閉となった。アレンや聖也の処遇を巡っては、貴族院でも大きく意見が分かれ紛糾したそうだが、取りあえずはアレンという傀儡を王位に据えることで落ち着いたらしい。

妃の座はいまだに空位だという。聖也は聖人の称号を剥奪され、王宮を追放された。オリバーとラースも家から勘当され、彼らが今どこで何をしているのか知れない。

イーヴァルがその気になれば調べられるだろうが、必要はなかったし、ジョシュアも興味がなかった。

アプフェル王国はすでに、ジョシュアにとって異国だ。

今は魔界が自分の国であり、イーヴァルと暮らす居城が我が家だった。

この半年はあっという間だったし、いろいろあってアプフェル王国を思い出す暇もなかった。

まず魔界に戻るとすぐ、ハナが故郷の両親に会いに行った。

イーヴァルの側近と身元調査に携わった調査団が同行し、ジョシュアはイーヴァルと王都で留守番をしていた。

ハナは記憶が戻った。両親の元に戻りたいだろうし、再会の場に自分がいたら、水を差すことになると考えたからだ。

それに、ハナにさよならと言われるのが怖かった。

「心配はいらないと思うがな」

胸の内を打ち明けたら、イーヴァルは笑っていたが。

ハナの留守中はずっと気を揉んでいたけれど、結果的にはイーヴァルの言う通りだった。

ハナは十日ほど実家に滞在した後、ケロッとした顔で「ただいまー」と帰ってきた。

「おとーさんとおかーさん、元気だった。ママとおじちゃんによろしくって」

行方不明で捜索願いを出されていたのに、そんな、ちょっと正月に帰省していました、みたいに戻ってきていいのだろうか。

しかし、ハナに帯同した側近らの話によれば、両親もハナも再会を喜び、ハナは両親にたっぷり甘えたそうだ。

それから両親とハナとで話し合い、最終的にはハナがジョシュアのそばにいたい、と希望して、親元を離れることになったという。

「もともとカーバンクルは、巣立ちが早いですから。ハナは、それがちょっと早まっただけですよ。それに、里帰りしようと思えばいつでもできますしね」

カーバンクルの生態に詳しい調査団の団員が言っていた。

遠方とはいえ、転移装置もある。決して両親と決別したわけではないのだ。実際、ハナが幼いうちは年に数回は里帰りすると、両親と約束したそうである。

現在はハナもイーヴァルの居城で暮らし、魔力の制御方法などをイーヴァルに教わったりしている。もっとも、幼い彼はまだまだ、遊んだりおやつを食べたりすることのほうに興味が向いているようだが。

ハナの両親には、ジョシュアとイーヴァルとで、また改めて挨拶に行くつもりだ。

王都では先日、シグルズの即位式が行われた。

今までシグルズがイーヴァルの退位に難色を示していたのだが、ジョシュアというパートナーができたことで、もうイーヴァルの手綱を離しても大丈夫だと判断したらしい。

イーヴァルは退位して太上王という地位についている。今までも半分隠居も同然だったが、これで正式に隠居の身となった。

そして今日はこれから、ジョシュアとイーヴァルの婚姻が行われる。

婚姻といっても、結婚式を挙げるわけではない。それよりもっと重要な、魂の契約を結ぶつもりだ。

魂の契約について、イーヴァルは急がなくていいと言ったけれど、ジョシュアが早くそうしたかった。だから、結婚式と披露宴はまた、シグルズの即位が落ち着いてからすることにして、今日は二人だけで契約の儀式を行うことにしたのである。

ハナは今日は一日、ハナ付きの侍女と、曾孫のいる側近に相手をしてもらっている。

「ところで、さっきから尻に硬いのが当たってるんですけど」

侍女たちが気を利かせて花びらを浮かべた風呂は、ロマンチックで香油の甘い香りがする。恋人に抱かれてうっとりしていたのだが、尻の間に押し付けられる物が気になって仕方がない。

「当然だ。お前の裸を見て、反応しないわけがないだろう」

「そんな威張って言われても」

ジョシュアだとて、イーヴァルと風呂に浸かって何も思わないわけがない。これから大事な儀式だというのに。

「お前も同じだろう」

艶めいた声が囁き、するりとジョシュアの足の間に手が伸びた。

「わ……ちょっ」

やわやわと性器を揉もうとするから、慌てて足を閉じた。この男、隙あらばジョシュアにエロいことをしようとする。

「お前のその、妙なところで初々《ういうい》しい性格は何とかならないか。煽られて辛いんだが」

本当に困っている、という口調で言いながら、尻にゴリゴリと硬い物を押し付けてくる。

「……イーヴァルっ」

大事な儀式が……と抵抗していると、イーヴァルが笑いを含んだ声で囁いた。

「確かに我々にとって大切な儀式ではある。が、そう堅苦しい所作が必要なわけではない。我々が互いに大切なものを与え合えば、それで成立するのだ」

「大切なもの……」

「まあいいから、私に任せて楽にしておけ」

言ってまた、やわやわとジョシュアの身体をまさぐる。何だか言いくるめられた気がしなくもないが、そんなことをしている間に不埒《ふらち》な指先が後ろの窄まりに伸びてきた。

「あっ……」

声を上げると、その唇が塞がれる。深く口づけた後、「愛している」と囁かれた。指先が襞を突き、ゆっくりと潜り込んでくる。

「愛してる、ジョシュア」

「ん、んっ」

俺も、と言いたいのに、口を開いたそばからキスを仕掛けられる。指は奥へと潜り込み、ぬこぬこと内壁を優しく擦った。

「イーヴァ……」

興奮で体温が一気に上がり、このままではのぼせそうだった。いたずらを続けるイーヴァルに目で訴えかけると、相手は目元を和ませ、軽くキスをした。

「色っぽい顔だな。早くお前が欲しい」

イーヴァルは湯船から出ると、乾いた布でジョシュアを包み、寝室まで運んだ。

広い天蓋付きのベッドは、イーヴァルとジョシュア二人のものだ。このイーヴァルの城に移り住んでから、ハナにも子供部屋が与えられている。

最初はぐずっていたが、最近ようやく一人で寝てくれるようになった。たまに、ハナが怖い夢を見て夜中に目覚めた時などは、このベッドに三人で寝ることもある。

いつものベッドだが、今日は真新しい絹の寝具で整えられていた。

イーヴァルはその上に、優しくジョシュアを寝かせた。ベッドの脇に置かれた果実水を取ると、口移しで飲ませてくれた。爽《さわ》やかな果実の香りが鼻に抜ける。

唇からこぼれた水滴を、イーヴァルの指が拭った。美しい男の顔が近づいてきて、無言のままキスが繰り返される。

「ん……ふ……っ」

「ジョシュア、愛している。私はもう、お前だけのものだ。お前も、私だけのものになってくれるか？」

今さら、当然のことだ。そう思ったが、イーヴァルの真剣な表情を見て、ジョシュアも気持ちを新たにした。

「俺も愛してますよ、イーヴァル。もちろん、俺はあなただけのものだ」

金色の瞳を真っすぐに見つめ返すと、相手はふっと笑った。

「ありがとう。その言葉が欲しかった」

言って、イーヴァルがまたキスをする。深く口づけた場所から、何かが流れ込んできた気がした。

同時に自分の中にあった何かが、相手へと流れていくのを感じる。

「あ……」

互いが混ざり合うような、恍惚《こうこつ》とした感覚だった。ジョシュアはうっとりと目を閉じる。ハナと従属の契約を交わした時は、こんなことはなかったのに。

「これが、魂の契約？」

離れていく唇を名残惜しく思いながら、まぶたを開く。

「ああ。我々は身体よりも深いところで結びついていた。魂の伴侶だ」

「素敵だ」

ジョシュアはイーヴァルの肩に手を置いた。

「ではこれから、身体を繋げる儀式に移りたいのだが、いいかな？」

イーヴァルがふざけて、もったいぶったことを言う。ジョシュアは笑いながら相手に腕を絡めた。

二人は戯れるようにキスをしながら、触れ合う素肌の感覚を楽しんだ。やがて、イーヴァルの唇がジョシュアの首筋や鎖骨へと降りていく。

「ふ……っ」

乳首を啄《ついば》まれて、ジョシュアは小さく息を詰めた。

「お前のここは感じやすいな。もう尖ってきた」

こちらの羞恥を煽るように意地悪く言い、尖った乳首を舌先で転がされる。もう片方の乳首を、指の腹でこねられた。

「あ……も……っ」

イーヴァルは、ジョシュアの弱いところを的確に攻めてくる。巧みな愛撫に、たちまち上り詰めそうになった。

特別な日で気持ちが高ぶっているのか、それとも契約のおかげか、いつもよりいっそう、感じやすい気がする。二人の儀式はまだ始まったばかりで、こんなに早く達していたら、こちらの身が持たなくなってしまう。

ジョシュアは身を捩り、イーヴァルの愛撫から逃れた。身体を起こし、自分の代わりにイーヴァルをベッドへ横たえる。ジョシュアは身体をずらし、イーヴァルの足の間に顔を埋めた。

イーヴァルの性器はこちらが触れる前からすでに、硬く芯を持ち始めていた。ずっしりとした陰茎を握り、先端を口に含む。ゆっくり舌を這わせると、イーヴァルからため息が漏れた。

「んっ、む……」

亀頭を舐《ねぶ》りつつ、手で陰茎を扱く。もう一方の手で陰嚢を弄ると、切ない吐息が聞こえ、イーヴァルの性器はたちまち硬く育った。

相手が感じてくれているのが嬉しい。夢中で口淫を続けた。

ジョシュアの性器も、いつの間にか完全に勃起していた。裏顎に亀頭が擦れると、身が震えるような快感を覚える。風呂で弄られた後ろがヒクヒクと物欲しげにうごめいていた。

「……っ、ジョシュア……」

口の中で逞しい陰茎が震え、イーヴァルが強引にそれを引き抜いた。

「もう少しだったのに」

言うと、イーヴァルは苦笑しながらジョシュアを抱き上げ、自分の身体の上に跨《また》がせた。

「お前の中で達したい」

唇を啄みながら、ジョシュアの腰をつい、と指で撫でる。甘いいたずらに、ジョシュアは小さく声を上げた。ジョシュアの尻に、イーヴァルのそそり立った性器が当たっている。このまま、騎乗位でということだろう。

おずおず尻を揺らすと、イーヴァルがジョシュアの腰を抱いて自らの陰茎に誘導した。窄まりに先端が押し付けられる。

「あっ、ん……」

ゆっくりと腰を落とす。極太の性器が襞をめくってずぶずぶと奥に入っていく。イーヴァルのそれは大きくて、雁首《がんくび》を呑み込むまでに時間がかかった。

「ん、んっ」

性器に襞を擦られる感覚が切ない。半ばまで陰茎を呑み込んだ時、イーヴァルが不意に腰を突き上げた。

「あっ、あぁっ」

「も、急に……」

根元まで一息に埋め込まれたジョシュアは、身悶えながら嬌声《きょうせい》を上げる。

「お前はこうして、少し乱暴なのが好きだろう?」

言いながら、まだ広がりきっていない秘孔に、腰を使ってぐりぐりと性器をねじ込んでくる。一方で、ジョシュアの尖った乳首を手の平でやんわりと刺激した。

「や……それ」

イーヴァルは、ジョシュアの弱いところばかり攻めてくる。この半年で、自分の身体の隅々まで彼に知られているようだった。

「お前は何もかも甘く可愛らしいな。柔らかな魂も、それにこの狭い孔も……」

ジョシュアの身体の下で、イーヴァルが獰猛《どうもう》に笑った。次の瞬間、身体が大きく揺さぶられ、イーヴァルに下から突き上げられていた。

「ひ、ぁっ」

こちらの反応を楽しむように、イーヴァルは腰を使って激しく深く穿ってくる。そのたびにジョシュアの性器がふるふると震え、鈴口から蜜がこぼれた。

「あ、あっ」

快感と激しい動きとで、身体を起こしていられなくなる。ジョシュアは感じすぎて涙をこぼしながら、イーヴァルの身体に倒れ込んだ。逞しい胸に縋り、彼の巨根を最奥へ受け容れる。

「ふ、ぁ……イーヴァル……」

呼べば、彼は優しい眼差しで応えてくれる。

「ん、んっ……好き」

我知らず、告白が口を突いて出た。イーヴァルがふわりと微笑む。

「ああ。私もだ」

熱い大きな手が、ジョシュアの双丘を摑んだ。痛いくらい強く力を込められ、さらに激しく突き立てられる。

押し寄せる波に、目の前がチカチカした。波に抗いきれず、快感に悶えながら精を噴き上げる。

「は……く……」

絶頂に震え、肉襞が逞しい男根を締め付ける。イーヴァルは身を震わせて快感の息を漏らした。

次の瞬間、自分の体温よりも熱い飛沫が、身体の奥へと注ぎ込まれる。その欲望の熱を、ジョシュアは生理的な涙をこぼしながら味わった。

二人は強く身体を抱きしめ合い、到達の後の余韻を嚙みしめる。もちろん、それで終わりではなかった。

深いキスを交わし、汗ばんだ肌を触れ合わせながら、伴侶たちは次の快感を追い始める。

二人の初夜は、まだ始まったばかりだ。

エピローグ

「……ちゃん。お兄ちゃん！」

肩を軽く揺すられて、彼はハッと目を覚ました。

黒髪に黒い瞳の若い娘が、自分を心配そうに覗き込んでいる。

その向こうに、くすんだベージュの天井とベッドの手すりが目に入り、一瞬、ここがどこかわからなくなった。何度か瞬きして、ようやく思い出す。

（そうだ、ここは病院だ）

今朝まで腕に刺さっていた管が外され、今は自由に動ける。でもまだ、身体が重くてだるい。

「起こしてごめんね。そろそろ面会時間が終わるから、帰らないといけないんだ」

若い娘は、心配そうな顔のまま言って、腕の時計をちらりと確認した。

「そうか、ごめん。仕事帰りなのに」

慌てて身を起こそうとしたら、彼女が「寝てなよ」と押しとどめた。

「こんな時に気を遣わないでよね。無理しちゃだめだよ。お兄ちゃんは昔から、自分の体力を過信しすぎ。下手したら死ぬところだったんだから」

くどくどと言う娘に、彼は苦笑する。妹というのは、こんなに口うるさいものだったのか。

自分を心配しているからこそなのだと思うと、くすぐったかった。

そう、彼女は妹だ。自分には腹違いの弟しかいなかったはずだが、目を覚ますといつの間にか妹がいて、元の自分とは違う自分になっていた。

ほんの数日前のことだ。あの時は、自分の頭がおかしくなったのかと思った。

自分の中に、二人分の記憶がある。

それを理解するまでに時間がかかった。入院中で、病院のベッドに寝たきりだったのは、かえってよかったかもしれない。

この病室には毎日、妹や両親や祖父母、会社の同僚やら上司やらが見舞いに来る。昨日は、学生時代の友人という人も現れた。

自分は日本という国の会社員で、風邪で熱を出しながら会社の飲み会に参加した後、風邪薬を飲んで倒れたという。

翌日、会社の同僚が無断欠勤を心配して家族に連絡し、妹が合い鍵で部屋に入って、倒れている彼を発見したのだとか。

呼んでも目を覚まさないので救急搬送されたが、薬とアルコールで一時的に昏睡《こんすい》状態になっていたらしく、過労もあって数日の入院を余儀なくされた。

死んじゃったかと思ったんだからね、と泣きそうな表情で妹に言われ、申し訳ない気持ちでいっぱいだった。悩んでることがあるなら言って、とも言われた。目覚めてから、兄の様子が以前と違うことに、妹も気づいているのだろう。

「そっちこそ、無理しないで。仕事帰りに毎日来なくても大丈夫だよ」

「うちはお兄ちゃんとこと違ってホワイト企業だから、定時で帰れるもん。……ほんとごめんね。そんなに会社が忙しいって知ってたら、ゲームの攻略データなんて頼まなかった」

不意に申し訳なさそうな顔をするから、彼は苦笑する。妹のこの謝罪は、何度目だろう。兄の過労の一端が自分のわがままにあると、彼女は思っているのだ。

（僕がそのゲームのキャラクターだって言ったら、どんな顔をするかな）

頭がおかしいと思われるだろう。この世界には魔法など存在しない。

「ゲームは関係ないって言っただろ。それよりほら、早く帰りなよ。明日も会社なんだろ」

「うん。何か欲しいものあったら連絡してね。あ、ハナ子の新しい写真があるから、後で送ったげる」

慌ただしい妹がいなくなると、病院の個室はしんと静かになる。ちょっとだけ寂しい。

（変なの。元の世界では、一人になるとホッとしたのに）

こちらの世界では両親が揃っていて、家族はみんな優しい。入院した彼を心から心配して、決して近くはない実家から足繁く見舞いに来てくれる。

自分と入れ替わりで元の世界に行った人には、申し訳ないと思う。自分が別人になりたいと望まなければ、きっとこんなことにはならなかったのだろう。

罪悪感のせいか、さっきは入れ替わった相手の夢を見た。元の世界で魔王やカーバンクルと心を通わせ、アプフェル国王の陰謀を暴くのだ。

あの夢が、本当のことならいいのに。

この優しい世界は今や、自分のものになってしまった。温かな家族がいて、同僚や友人がいる。いいことばかりではないようだが、それでも自由がある。父親の暴力に怯えることもなく、使用人たちの侮蔑と冷たい仕打ちに耐える必要もない。

自分でお金を稼ぎ、一人暮らしをして、街に買い物に出かけるのも自由だ。恋人を作ることだってできる。

そのことが、泣きたくなるくらい幸せで嬉しかった。

だから彼は、幸せな世界を奪った罪滅ぼしに、毎日祈り続ける。

（入れ替わったあの人が、向こうの世界で幸せに暮らせますように）

今日も安穏な眠りに落ちる寸前、彼は心の中で祈った。


「――っていう、夢を見ました」

ジョシュアは、まだ気だるい頭を恋人の胸にもたせかける。彼の髪を優しく撫でながら、イーヴァルは「そうか」とつぶやいた。

「元の器と魂が、まだどこかで繋がっているのかもしれないな」

愛しい人と魂を結び、終わりを知らない初夜の交接に文字通り、精根尽き果てた後、気を失ったジョシュアは懐かしい夢を見た。

元の世界の夢だ。あちら側には、自分と入れ替わったジョシュアがいて、自由の喜びを嚙みしめ、それから入れ替わった相手の行く末を案じていた。

「俺がこっちの世界で、幸せになれるように祈ってましたよ」

彼は気が弱くて、でも人のいい青年だったようだ。夢を思い出し、こちら側のジョシュアは、ひっそり笑う。そんなジョシュアを、イーヴァルは強く抱きしめた。

「彼の願いは叶えるさ。お前を幸せにすると約束する」

その声が思いのほか真剣だったから、ジョシュアは笑ってしまった。

「俺、もうとっくに幸せですよ」

愛する人がそばにいる。これから先も生涯、イーヴァルと共にいる限り、この世界に来たことを嘆く日は来ないだろう。

あちら側に行ったジョシュアの魂に、そう告げたい。そして願わくは、彼もこの先の人生が幸せでありますように。

イーヴァルの胸に身を預け、ジョシュアは心の中でそう願った。

あとがき

こんにちは、初めまして。小中大豆《こなかだいず》と申します。

今作は、ｗｅｂ系小説やコミックでお馴染みの、いわゆる異世界転生モノになります。

実は以前から異世界モノにハマっておりまして、貪るように読んでいました。中でも一ジャンルとして確立されている悪役令嬢モノがお気に入りです。

最初に悪役令嬢というジャンルを耳にした時は、なんじゃそりゃ、とイマイチ理解できなかったのですが、それも今は昔のこと。

すっかりハマって自分も書いてみたいとうずうずしていた時、クロスノベルスの担当さんとの打ち合わせで、悪役令嬢モノはどうか、という話になったのでした。

ボーイズラブなので、悪役令嬢ならぬ悪役令息です。

大はりきりで取り掛かったのですが、どっぷりｗｅｂの世界に浸かっていたせいか、いつものＢＬ小説の世界に頭を切り替えるのに、思いのほか苦労しました。

ｗｅｂ媒体が基盤である異世界転生モノの面白さを継承しつつ、紙媒体を基盤とする商業ＢＬ小説の良さも生かしたい……なんて壮大なことを考えていたのですが、やっぱり難しかったです。

苦しくも楽しい執筆作業でしたが、読者様に少しでもこの楽しさが伝わればいいいなと思っております。

今回、ちびっ子が登場するということで、憧れのみずかねりょう先生にイラストを担当していただきました。

ケモ耳のハナを書く時は、いつも頭の中でみずかね先生の絵が動いておりまして、おかげで最初から最後までハナは勝手にぴょこぴょこ動き回っていました。

みずかね先生には、色々とご苦労やご迷惑をおかけして申し訳ありません。ご担当いただき、ありがとうございました。

そして担当様も、またまたご苦労をおかけしました。いつもありがとうございます。

このあとがきを書いている最中はまだ、世の中はいろいろ大変でして、本が発売する頃には少しでも良くなっていることを祈っています。

また読者様には、この本がしばし、浮世のしがらみを忘れる一助となれ

あとがき

ばいいなと思っております。ここまでお付き合いくださいまして、ありがとうございました。

それではまた、どこかでお会いできますように。

小中大豆

CROSS NOVELSをお買い上げいただき
ありがとうございます。
この本を読んだご意見・ご感想をお寄せください。

〒110-8625
東京都台東区東上野2-8-7　笠倉出版社
CROSS NOVELS 編集部
「小中大豆先生」係／「みずかねりょう先生」係

CROSS NOVELS

悪役令息ですが魔王の標的《ターゲット》になりました

著者
小中大豆

2021年4月23日　初版発行　検印廃止

発行者　笠倉伸夫
発行所　株式会社 笠倉出版社
〒110-8625 東京都台東区東上野2-8-7 笠倉ビル
[営業]TEL　0120-984-164
FAX　03-4355-1109
[編集]TEL　03-4355-1103
FAX　03-5846-3493
http://www.kasakura.co.jp/
振替口座　00130-9-75686
印刷　株式会社 光邦
装丁　斉藤麻実子〈Asanomi Graphic〉
ISBN 978-4-7730-6082-9
Printed in Japan